KB161160

파도의
아이들

꿈꾸는돌
39

파도의 아이들

정수윤 장편소설

2024년 6월 27일 초판 1쇄 발행
2024년 11월 11일 초판 3쇄 발행

펴낸이 한철희 | 펴낸곳 돌베개 | 등록 1979년 8월 25일 제406-2003-000018호
주소 (10881) 경기도 파주시 회동길 77-20 (문발동)
전화 (031) 955-5020 | 팩스 (031) 955-5050
홈페이지 www.dolbegae.co.kr | 전자우편 book@dolbegae.co.kr
블로그 blog.naver.com/imdol79 | 트위터 @Dolbegae79 | 페이스북 /dolbegae

편집 이하나
표지 디자인 김민해 | 본문 디자인 김민해·이연경·이은정
마케팅 심찬식·고운성·김영수·한광재 | 제작·관리 윤국중·이수민·한누리
인쇄·제본 영신사

ISBN 979-11-92836-72-0 (44810)
ISBN 978-89-7199-432-0 (세트)

파도의 아이들　　　　　정수윤 장편소설

차례

파도의 아이들 ——————— 7

작가의 말 —————— 214   추천의 글 —————— 217

❄ 1

"난…… 지금…… 뛰어내릴 거다."

그 애가 막 생각났다는 듯이, 날숨에 말을 실어 한 마디씩 내뱉었다. 바람에 실려 온 깃털이 살에 닿는 듯 희미하면서도 침착한 목소리다. 칼바람을 조금이라도 막아 보려고 두 팔은 얼굴에 둘러 코와 입을 가리고, 두 다리는 몸통 쪽으로 바싹 오므린 채 옹크리고 있던 나는 눈동자만 굴려 옆에 앉은 그 애를 봤다. 뒤로 질끈 동여맨 머리가 바람에 휘날린다. 바르게 앉은 몸이 송곳처럼 날카롭다. 설마, 진심인가.

"너, 뭐라 했니?"

맞은편 애가 겁먹은 토끼 눈을 하고 가느다란 목소리로 묻는다. 깨깨 마른 몸에 짧은 머리칼도 푸석푸석한 저 애는 꼭 엄마 잃은 새끼 고양이 같다. 하긴 우린 모두 뼈만 남았고, 엄마는 잃은 거나 마찬가지다.

"도망칠 거야. 그 길밖엔 없어."

이번에는 또박또박, 힘주어 말했다. 눈빛이 굶주린 이리처럼 번뜩인다. 내 앞에 시든 상추처럼 널브러져 있던 또 다른 애가 힘겹게 고개를 들며 물었다.

"그럼 우린?"

우리? 쟤가 우리 엄마라도 되나? 다만 미리 귀띔해 주지 않은 건 얄밉다. 나는 몸을 일으켜 앉으며 한마디 했다.

"미리 말이라도 해 주지. 너 혼자 가면 우린 다 똥 되는데."

……트럭은 무심히 안개 속을 달리고, 나는 앞쪽을 본다. 군인이 둘. 하나는 짐칸의 난리를 모른 채 앞만 보고 운전 중이고, 하나는 술에 취해 곯아떨어진 지 오래다. 낮게 코골이 소리가 들린다. 탈출하기엔 더없이 좋은 상황. 이 애의 판단이 영 틀린 건 아니다.

"매일 기다렸어, 이 순간이 오기를. 그게 바로 지금이란 건, 나도 방금 알았다."

실은 나도 그래. 늘 생각해. 도망치자. 여기서 벗어나자. 그 생각만큼은 한순간도 멈춘 적 없어. 어쩌면 엄마 배 속에서 세상으로 나온 그날부터 쭉, 어디론가 떠나고 싶었단 생각도 든다.

지금 우리는 세상에 존재하는지 어떤지조차 알 수 없는 땅을 향해 달리고 있다. 그 땅에서 우리는 어디든 갈 수 있고, 누구든 만날 수 있고, 무엇이든 먹고 마시고 입을 수 있다. 무엇보다 그 땅에서 우리는, 우리 자신으로 살 수 있다. 태어난 모습 그대로. 눈만 감으면 그런 곳을 상상했는데, 눈을 뜨면 현실은……

"나는 간다, 죽지 않고 살면 또 보자."

풀썩—

그 애는 차가운 돌멩이 같은 말을 툭 던지곤, 뒤돌아 한 마리 짐승처럼 뛰어내렸다. 뒤에 남은 우리는 그 애가 뛰어내린 쪽으로 몰려갔다. 안개 속 그 애는 흙바닥에 동그마니 웅크려 있나 싶더니 몸을 펴자마자 냅다 산으로 뛰었다. 그 애는 점점 더 작아졌고, 우리는 점점 더 조급해졌다.

"가시나, 진짜 갔네."

"어쩌면 좋니. 우린 다 죽었다."

다른 애들이 울상을 지으며 안절부절못했다. 쳇, 이럴 줄 알았으면 가족사진이라도 챙겨오는 건데. 담요 속에 숨겨 둔 걸 그냥 두고 나왔다. 속옷에라도 넣어 올걸. 저 애가 도망쳤으니 단속은 더 심해질 테고, 오늘처럼 허술하게 노역 나갈 일도 없겠지. 그러면 탈출이고 뭐고 다 틀어지는 거다.

"우리도 가자."

나는 황급히 소매를 걷어붙이며 다급하게 말했다. 지난 열여섯 해 동안 내가 이 망할 놈의 세상에서 배운 것이 있다면, 그건 때를 읽는 기술이다. 움직여야 할 때와 숨죽여야 할 때. 잔잔해야 할 때와 날뛰어야 할 때. 그것만 읽어도 인생의 페이지가 조금은 수월하게 넘어간다.

"무서워. 발모가지 분질러지면 어째?"

"잡히면 죽도록 매 맞을 텐데. 도망치더라도, 갈 데는 있니?"

없다, 없어, 나도 모르겠다. 나한테 묻지 마라. 다리 못 쓸까 두려워 강은 어찌 건넜니? 매 맞을까 무서우면 집은 왜 나왔어? 시간이 없다. 이 애들 엉덩이 토닥거려 데리고 갈 만큼 넉넉하지 않아. 갈 델 정해 두고 도망치겠다는 건 배부른 소리다. 도망자는 한 걸음 내디디며 다음을 생각하는 법이다. 애들은 그런 것도 모르고 어떻게 감옥까지 왔나.

"어쩔 수 없어. 느이들도 움직여!"

풀썩―

나도 그 애 흉내를 내며 트럭에서 냅다 뛰어내렸다. 온몸을 감싸는…… 바람을 느끼며 휘익, 허공으로 몸을 날렸다. 이상하게 저 안은 이가 딱딱 부딪칠 만큼 추웠는데, 밖은 가슴이 뻥 뚫릴 듯 시원하다. 등허리에 강철판이 날아온 것처럼 퍽 소리가 났다. 하지만 아프지 않았다. 아픈 줄도 몰랐다. 세상이 나를 조롱하듯 흙먼지와 자갈을 던져 댔다. 이런 배신자! 그런 소리도 들려온다. 아파, 하지만 상관없어. 손가락질할 테면 해보라지. 누가 눈 하나 깜빡할 줄 알고.

가늘게 실눈을 뜨고 사방을 살폈다. 작아지는 트럭, 그 꽁무니에 겁먹은 애들 둘이 딱 붙어 이쪽을 보고 있다. 정신이 번쩍 들었다. 그제야 뛰기 시작했다. 다리가 후들거렸다. 아랫입

술을 꼭 깨물었는지도 모른다. 두 주먹을 단단히 쥐었는지도 모른다. 입안이 바싹바싹 타고 목구멍에서 단내가 났다.

난생처음 세상에 던져져 홀로 된 생물처럼, 깊이를 알 수 없는 공포가 엄습했다. 우선은, 달리자. 그 수밖에 없다. 나는 아까 그 애가 사라진 수풀을 향해 힘껏 달음박질쳤다. 흡사 달리기 위해 태어난 동물처럼. 어서 몸을 숨겨. 몸을 낮추고 어둠 속을 달려. 아무도 널 가둘 수 없도록, 새처럼, 바람처럼, 그림자처럼, 산으로, 산으로, 북으로, 북으로…… 달려라, 달려!

오후의 태양은 잔뜩 흐린 구름 뒤에 숨어 나올 줄을 몰랐고, 음습한 숲은 소름 끼치도록 차가운 한기를 내뿜었다. 한겨울 낙엽은 썩을 대로 썩어 바닥이 푹신했지만, 그래도 내 발목을 잡아끌지는 못했다. 산꼭대기에서 휘몰아치는 바람이 솜도 덧대지 않은 홑옷 속으로 아무렇게나 밀고 들어왔다. 흥, 이런 추위쯤. 와라, 내가 다 맞아 주마. 시베리아 바람 속 그 중심을 향해, 나는 거대한 자석에 이끌리는 쇳조각처럼 미친 듯이 내달렸다.

풀썩—

풀썩—

멀리 뒤에서 그 소리가 두 번 더 들렸다.

그러나 뒤돌아보지 않았다.

⚽ 1

깊은 밤 전화벨 소리는 언제나 불길하다. 책상 위 알람 시계로 손을 뻗어 눈을 반쯤 뜨고 시곗바늘을 확인한다. 새벽 2시가 조금 넘은 시각. 아버진가? 전화는 계속 울리고, 내 방 문틈을 따라 실선 같은 불이 켜진다. 어머니의 발걸음 소리. 별일 아니겠지. 나는 머리 위로 이불을 끌어온다.

내일, 아니 오늘 큰 시합이 있다. 우승을 많이 쌓으면 좋은 대학 가는 데 유리하다. 난 되도록 최상위 학교에 갈 작정이다. 그래야 해외에서 선수로 뛸 자격이 생기니까. 이 나라는 아무에게나 여권을 만들어 주지 않지만, 여권이 있더라도 실제로 비행기를 타고 외국 땅을 밟아 보는 건, 휴…… 아무나 할 수 있는 일이 아니지. 그렇다고 불가능한 일도 아니다. 난 개미집처럼 작은 그 틈을 비집고 들어가고 싶은 거다.

어릴 때부터 이상하게 둥근 게 좋았다. 둥근 공만 보면 개처럼 달려가 물고 빨았다. 다리가 조금 더 길쭉하게 뻗어 나오면서부터 발로 차고 굴리고 돌렸다. 보다 못한 아버지가 축구공을 사 온 날을 지금도 잊을 수 없다. 나는 지구처럼 둥근 공을 들고 밖으로 나가 어둑해질 때까지 혼자 놀았다. 세상에 오직 공과 나 둘뿐인 것 같았다. 그래도 좋았다. 그래서 좋았다.

학교 들어가고부터는 더 정신없이 축구만 했다. 하루는 어릴 때부터 한동네에 자라면서 같이 공을 차던 송아지동무° 만수가 하굣길에 내게 말했다.

"광민이 너는 좋겠다. 너 정도 실력이면 기관차체육단이고 압록강체육단이고 골라잡아서 갈 수 있지 않겠어?"

"아니, 난 거기 말고 소니가 있는 곳으로 갈 거다."

문득 진심을 뱉어 버린 나는 아차 싶었다. 누구에게도 발설해서는 안 된다고 어머니가 귀에 못이 박히도록 당부했는데.

"소니? 그건 무슨 신식 기관차 이름이니?"

탁없는° 만수의 말에 긴장이 풀리면서 웃음집°이 터지고 말았다.

"하하하. 기관차는 기관차인데 사람 기관차다. 철도 기관차가 아니라."

"너 이 새끼 밤마다 몰래 외국 축구 영상 봐서리 바깥 물이

○ 소꿉친구
○ 터무니없는
○ 웃음보

아주 단단히 들었구나, 야. 호날두나 메시는 들어 봤어도 소니
는 첨 듣는다. 소니는 어느 나라 코쟁이니?"

"코쟁이 아니다. 우리하고 똑같이 생긴 조선 사람이다."

"조선 사람?"

"남조선의 기둥선수° 손흥민이라고, 지금 잉글랜드에서 얼
마나 인기가 있는지 코쟁이들이 열광하면서 목에 핏대를 세우
고 응원가를 부르는데 보는 나까지 다 가슴이 뭉클하지 않았
겠어."

"광민이 너 정신 차려라. 어디 가서 그런 소리 하다가는 축
구고 뭐고 대가리 피 터지게 얻어맞을 수가 있어."

"그렇지만 만수야……. 어떻게 보면 남조선도 우리하고 다
같은 민족 아니겠어?"

내 생각이 짧았다. 그냥 미시리°같이 소니를 세계에서 제일
빠른 기관차라고 해야 했다. 다음 날 아무 생각 없이 등교했다
가 소년단 지도원에게 끌려갔는데 만수는 그런 내게서 차갑
게 고개를 돌렸다. 그 일로 소년교양단련대°까지 끌려갈 뻔했
지만 혼비백산해서 달려온 어머니가 돈을 융통해 교원들 입을
막았다. 그것도 아마 내 토대°가 좋아서 가능한 일이었으리라.

○ 팀의 주축이 되는 선수
○ 얼간이
○ 소년원
○ 집안

나는 반성문에 인민 체육인으로서 천번 만번 죽을죄를 지었다, 다시는 그따위 썩어 빠진 정신 상태로 살지 않겠다, 마음에도 없는 말을 줄줄이 적어 내려갔지만, 지금도 내가 뭘 잘못했는지 모르겠다. 내가 틀렸다는 생각도 들지 않는다. 그저 소중한 동무 하나를 잃었을 뿐.

어머니는 의기소침한 나를 꾸중하기는커녕 최신 잉글랜드 축구 복제 영상물을 몰래 하나 더 사 주며 말했다.

"교원들 말 신경 쓰지 마라, 한광민. 넌 소니보다 더 훌륭한 선수가 될 거다. '손'이 아니고 '한'이니까 '소니'가 아니라 '하니'가 되는 거야. 안받침°은 어머니가 다 할 테니 걱정하지 말고. 이 영상 보고 공부 많이 해. 뭘 봐야 교육이 되지. 이따가 영어 과외 선생님 오실 땐 잘 숨겨라."

그날 밤 소니 영상을 보니 울적한 마음이 금세 날아갔다. 오른발 왼발 자유자재로 차며 너른 운동장을 꿀벌처럼 붕붕 누비다가 골문 앞에서 발차기가 터져 나오면 나는 마치 내가 득점한 듯이 기뻐서 비명을 질러 댔다. 손으로 사진기 모양을 만들며 화면 앞으로 달려오는 형을 보고 나도 똑같이 했다. 찰칵! 형 손 안에 내가 있고 내 손 안에 형이 있다. 소니 형, 나도 형처럼 될 거야. 누가 뭐래도 세상에서 제일가는 축구 선수가 될 거야. 공과 하나가 되어 신나게 풀밭 위를 내달릴 거야. 영

○ 뒷받침

원히…….

∿∿∿

"광민아, 한광민! 일어나라!"

내 이불을 젖힌 건, 어머니……? 방에 환하게 불이 켜졌다. 나는 눈을 찡그리며 상반신을 일으켰다.

"……응?"

"당장 나가야 한다. 날래° 옷 입어라."

"갑자기 무슨……."

어머니가 두 손으로 내 뺨을 움켜쥐었다. '앗, 뜨거!' 싶을 만큼 달아오른 손이었다. 더구나 어머니의 눈빛은…… 뭐랄까, 심판에게서 생각지도 못한 레드카드를 받아 얼이 빠진 선수 같았다. 무엇이 저리도 두려울까. 이유는 모르겠지만 두려움에는 확실히 전염성이 있다. 나는 영문도 모른 채 몸을 부르르 떨었다. 손끝이 싸해졌다.

"잘 들어. 우린 5분 안에 이 집을 나간다. 짐 싸. 꼭 필요한 것만."

끝이 갈라진 어머니의 음성이 매 발톱처럼 날카롭게 고막을 찔렀다. 어머니는 다시 정신없이 밖으로 뛰쳐나갔다.

○ 어서

16

……꿈인가?

……가다니, 어딜?

얼친° 표정으로 어머니가 사라진 쪽을 봤다. 어머니의 벗겨진 끌신° 한 짝이 뭍으로 잘못 올라온 물고기처럼 배가 뒤집힌 채 방문 앞에 내던져져 있었다.

눈을 비비며 다시 시계를 보았다. 분침은 아까에서 한 칸이나 두 칸쯤 움직였다. 도대체 1, 2분 사이에 내 인생에 무슨 일이 일어난 거지? 나는 침대 머리맡에 붙은 소니 사진을 보았다. 등을 돌린 채 두 엄지로 등번호 '7'과 'SON'을 가리키고 있다. 저걸 'HAN'으로 만드는 게 나의 목표였는데, 그걸 위해 지금까지 얼마나 노력했는데, 갑자기 떠나다니. 그럼 나는, 내 인생은, 내 축구는?

어머니는 짐 가방 속에 뭘 집어넣는지 쿵쾅쿵쾅 소리가 요란했다. 무슨 전화였을까. 출장 중인 아버지도 이 사실을 알까. 지금 어머니를 따라 한밤의 도주를 하는 게 과연 옳을까. 내년이면 나도 열일곱, 꿈에 그리던 해외 구단으로 가는 길이 열릴지도 모른다. 그런데 도망을? 어디로? 뭣 때문에?

"왜 아직 그러고 있어?"

다시 방에 들어온 어머니를 봤다. 땀으로 범벅 된 앞머리가 바다나물처럼 이마에 축축하게 붙어 있다. 큰 가방을 들고 허

○ 얼떨떨한
○ 슬리퍼

등대는 중년의 여인. 이 사람을 따라가도 될까? 어머니를 따라 저 방문을 나서는 순간, 내 인생이 송두리째 꼬일 것만 같다⋯⋯.

"저는 안 가겠습니다."

"뭐?"

"당장 시합 나갈 사람이 가긴 어딜 갑니까."

"후⋯⋯."

어머니는 한숨을 내쉬며 가방을 바닥에 떨어뜨렸다. 툭 소리가 난다. 돈다발이라도 든 건가. 우리 집에는 늘 현찰이 많았다. 모두 달러나 위안화였다. 얼마 전엔 고층살림집°으로 이사도 했다. 아버지가 아무리 고위급 간부더라도 아버지 직업이 비슷한 다른 애들보다 우리 집이 항상 더 부자였다.

그 많은 돈이 어디서 났을까. 돈만 있으면 어디 살든 걱정 없다고 어머니는 입버릇처럼 말했는데, 설마 이 난리도 돈 때문에?

"아까 그 전화 뭡니까? 어머니, 대체 무슨 짓을 하신 겁니까?"

오래전에 물었어야 했다. 집에 수상하게 돈이 많다고 느꼈던 그때 물었어야 했다.

"실은 내가⋯⋯ 욕심을 좀 냈다. 너 공부도 시켜야 하고 유

○ 아파트

학도 보내야 하는데, 아버지 월급으론 빠듯하니까……."

"어찌 제 핑계를 대십니까!"

강한 척 소릴 질렀지만 심장에 푹, 칼을 맞은 듯했다. 나 때문에, 내 욕심 때문에, 무슨 짓을 하신 겁니까, 어머니…….

"나쁜 짓을 한 건 아니다. 그저 이 나라를 뜨고 싶은 사람들을 도와주고 돈을 받았을 뿐이다."

맙소사. 그건…… 나쁜 짓이 아니고 죽을 짓이잖아요. 우리 가족 모두를 위험에 빠뜨릴 짓이잖아요, 어머니…….

언젠가 길을 가다 굶어 죽어 가는 할머니를 본 적이 있다. 뼈만 남았었지. 눈 주위는 쾡하니 파이고. 그래도 숨은 붙어서 가슴께가 희미하게 오르락내리락했다. 내 주머니에 돈 몇 푼이 있었지만, 할머니에게는 돈도 소용없어 보였다. 숨 쉴 힘도 거의 남아 있지 않았으니까. 나는 고민했다, 먼발치에서. 어쩌지? 도와줄까? 주위를 둘러보았다. 마른 바람이 불어왔고, 저쪽에서 자전거를 탄 남자가 오는 게 보였다. 저 아저씨가 도와주겠지. 자전거 뒤에 싣고 병원에 데려갈지도 몰라. 무서워. 그냥 가자. 가도 괜찮아. 내 잘못도 아니잖아. 난 그냥 지나갔다. 죽어 가는 사람을 지나쳤어. 그 할머니를 도와주지 않아서, 그래서 이런 벌을 받나? 그때 할머니 손이라도 잡아 줬다면…… 그랬다면…….

"몇 명이나요?"

"글쎄 정확한 숫자는 잘……."

"어머니!"

"나도 기억이 안 난다. 100, 200? 아니면 300쯤?"

"아……."

나는 눈을 감았다. 뜨고 있을 자신이 없었다. 형, 저는 망했습니다. 축구고 뭐고 끝장입니다. 그때 그 할머니를 도왔어야 했어요. 손을 잡아 드렸어야 했어요. 그 할머니를 못 본 척 지나쳐서 이렇게 벌을 받는 겁니다, 그런 겁니다.

"그러니까 당장 떠나자. 전화가 왔어. 그 사람들도 내가 잡히면 골치 아프니까 알려 준 거다. 한 시간 안에 몰려올 거야. 아니, 30분. 제발 부탁이니 어서 나가자."

"아버지는요, 아버지는 아십니까?"

알 리가 없지. 아버지는 누구보다 사상이 투철한 사람이었다. 어머니가 어렵게 구해다 준 내 방 소니 사진을 보고도 쯧하고 혀를 찼다. 하루는 출장 가는 아버지에게 인사하고 내 방으로 들어가는데 등 뒤에서 이런 소리가 들렸다.

"저 새끼 저거 조심시켜. 요즘에 헛딴 데° 정신 팔려서 자유를 찾아가니 어쩌니 난탕 치는° 놈들이 너무 많아. 단속 잘하라고."

"우리 광민이는 그런 애 아닙니다."

어머니는 낯빛 하나 안 변하고 거짓말을 잘했다. 어머니가

○ 엉뚱한 데
○ 제멋대로 구는

이런 일로 돈을 버는 줄 알았더라면 아버지는 어머니 손목을 부러뜨려서라도 데려가 자수를 시켰을 거다. 그런 아버지였다.

"가면서 전화하면 된다."

하지만 나는 아직 마음의 결정을 내리지 못했다. 그냥 집에서 아버지를 기다리면, 우리 둘이 어떻게든 헤쳐 나갈 수 있지 않을까. 우리는 모르는 일이라고, 우리도 어머니한테 감쪽같이 속았다고, 사실대로 말하면 지금처럼 살 수 있을지 모른다. 하지만 어머니는 집에 없겠지. 어머니가 없는 집. 상상이 가지 않는다. 아버지도, 어머니도, 나는 아직 헤어질 준비가 되지 않았는데. 그때 어머니의 한마디가 줄다리기하던 내 맘을 한쪽으로 기울였다.

"강만 건너면 어디든 네가 가고 싶은 나라로 가자. 돈은 충분하니까 네가 살고 싶은 나라 어디로든 갈 수 있다."

"정말입니까……?"

"이놈의 나라, 어차피 불안해서 더는 못 산다. 이렇게 된 마당에 어딘들 못 가겠니. 나중에 아버지한테 연락해서 그리로 오라고 하자. 거기서 새 출발 하는 거야."

어디든 내가 가고 싶은 나라? 살고 싶은 나라? 소니의 나라? 흥민이 형이 뛰는 나라? 그리로 갈 수 있다고? 그날이 이렇게 빨리 올지는 몰랐다. 죽기 전에 보고 싶다. 눈앞에서 소니의 발차기를 보고, 소니의 사인도 받고, 그러면 형이 나를 향해 씩 웃어 주겠지. 갑자기 전신의 피가 발랄하게 재잘대며 신나게

도는 게 느껴졌다. 역시 어머니는 어머니다. 내가 원하는 것을 정확하게 알고 있다.

나는 벌떡 일어나 잠옷을 벗어 던지고, 옷장에서 가장 아끼는 회색 셔츠와 짙은 남색 모직 바지를 꺼내 입었다. 그 위에 검은 외투를 걸치고 까만 목도리를 둘둘 둘렀다. 춥고 먼 길을 떠나야 하니 붉은색 털모자도 꾹 눌러썼다. 아차, 잊을 뻔했네. 벽에 붙은 나의 SON. 나의 소니를 두고 갈 뻔했다. 나는 소니 사진을 조심스럽게 떼어 돌돌 말아 배낭에 넣었다. 형, 형도 나랑 같이 가는 거야. 진짜 형이 있는 곳으로 갈 거니까.

캄캄한 밤, 어머니와 나는 고급 주거 단지 뒷문으로 빠져나가 어둠 속을 달렸다. 마을은 고요히 잠들어 있었다. 우리를 잡아끄는 사람은 아무도 없었다. 배낭 속의 소니만이 조용히 내 등을 떠밀어 주고 있었다.

1

철들 때까지 나는 벽장 속에서 살았다. 왜 그랬느냐고 묻는 다면 대답은 하나다. 귀찮으니까 저리 꺼져.

나는 인간이 싫었다. 딱히 좋아하는 건 없지만, 벽장 속 거미나 개미, 설설이°가 인간보다 100배쯤 좋았다. 왜냐고 묻는다면…… 귀찮으니까 저리 꺼지라고.

벽장 속에서 날 끌어내리던 쌍둥이 겨울 언니한테 줄곧 하던 소리다. 언니라고는 해도 나보다 2분 먼저 태어났을 뿐인데 노상 언니 노릇이었다. 일없다는대도° 군이 좁은 벽장 속에 들어와서는 찰떡처럼 내게 붙어 온갖 말을 늘어놓았다.

여름아, 밖에 꽃이 퍼그나° 많이 피었다. 그래서? 이 민들레

○ 돈벌레
○ 괜찮다는대도
○ 퍽

좀 봐, 귀엽지 않니? 아니. 여름아, 산이 온통 빨갛게 물들었어. 이 단풍 좀 봐, 예쁘지 않니? 아니. 여름아, 여름아, 첫눈이 온다, 함박눈이 온다. 온 세상이 하얗다. 나가서 놀자. 추워, 문 닫아. 세상이 얼마나 아름다운데, 벽장 속에 숨어만 있으니 애 모쁘구나°…….

나도 다 봤다. 식구들 잘 때 몰래 화장실 가면서 다 봤다. 꽃도 보고, 달도 보고, 별도 보고, 다 봤다. 그게 뭐. 지루해. 눈에 보이는 세상은 다 지루해. 나는 어둠 속에서 내가 만든 나만의 세상을 보는 것만으로도 충분했다. 내 안의 세상, 나만 보이는 세상, 내가 만든 나의 우주. 난 벽장 속에서 그걸 만드느라 정신없이 바빴고 무척 재미있었다. 다른 사람들만 그 사실을 몰랐을 뿐.

벽장 속 우주에 있을 때, 나는 편안했고, 안전했고, 무엇보다 가장 나다웠다. 그랬던 내가 이토록 위험하게 국경을 넘다니, 세상일이란 한 치 앞도 알 수가 없다. 제일 황당해했던 사람은 겨울 언니였다.

"언니야."

"……응?"

"자?"

"……응."

○ 안타깝구나

"그렇구나."

"……말해."

"……."

차마 입이 떨어지지 않는데, 언니가 내 쪽으로 돌아누웠다.

"무슨 걱정 있어? 얼른 말해. 듣고 자게."

겨울 언니는 눈을 감고 있었다. 나랑 똑같이 생긴 얼굴. 하지만 나랑 전혀 다른 사람. 나는 그 얼굴을 물끄러미 바라보았다. 내가 맨 처음 벽장 밖으로 나올 수 있었던 건 겨울 언니 덕분이었다. 언니가 학교에 입학했다고 신이 나서는 벽장 문 앞에 서서 이건 책보, 이건 연필, 이건 공책, 이건 지우개, 이건 교과서……라고 했을 때, 나는 벽장 속에서 눈이 번쩍 뜨였다.

교과서? 어디, 나도 좀 보자. 표지를 보니 목에 빨간 스카프를 맨 귀여운 여자아이와 남자아이가 책을 읽고 있었다. 가슴이 뛰었다. 책 속 아이들처럼 앙증맞고 빨간 스카프를 맨 언니가 빙그레 웃으며 학교 가자, 여름아, 했었지.

"……언니, 눈 좀 떠 봐."

어두운 방 안에서 언니는 가늘게 실눈을 뜨고 나를 보았다. 낮에 장작을 패고 돼지 꼴도 베러 다녔으니 피곤했을 것이다. 언니는 내가 공부를 잘하니 나더러 공부만 하라고 했다. 집안일은 다 자기가 하겠다고. 내가 자기의 자랑이라고 했다.

아빠는 탄광에서 일하다 폐병을 얻어 몸져누운 지 오래고, 엄마는 협동 농장 반장이라 눈코 뜰 새 없이 바빴다. 집안일은 모두 겨울 언니 몫이었다. 뙤약볕 아래서 금세 픽픽 쓰러지고 피부는 백지장처럼 새하얘서 물동이조차 쉬 들지 못하는 나는 언니 말에 기대 내가 잘하는 공부만 했다.

하지만 중학교에 들어가 전교에서 1등을 하고, 밀가루 인형 같은 천재 소녀 김여름이라고 마을에 소문이 자자해도, 더는 겨울 언니의 자랑이 될 수 없었다. 머리가 크면서 중요한 사실 하나를 깨달았는데, 돈도 없고 인맥도 없는 나는 결코 대학에 갈 수 없었다. 제아무리 밤을 패며° 공부를 해 본들 상급 학교에 진학할 수 없는 내게 공부는 개똥보다도 쓸모가 없었다. 말하자면 나는 이 시골에서 쌀 한 톨만큼의 가치도 없었던 셈이다. 나 같은 아이는 차라리 벽장에서 나오지 말았어야 했다.

"언니야, 있잖아⋯⋯. 나 오늘 밤⋯⋯ 두만강 건넌다."

"⋯⋯."

언니는 말이 없었다. 실눈을 감지도 더 뜨지도 않은 채 고요히 내 눈을 들여다보았다.

"이거⋯⋯ 꿈이니?"

한참 만에 언니가 속삭였다. 아니, 꿈이 아니야, 언니.

"학교에서 무슨 일 있었어? 선생님이 또 돈 해 오래?"

"아니."

"내일 또 노역 간대?"

○ 새워

26

"아니."

"너, 전에 학교에서 철길로 눈 쓸러 갔다가 일주일 앓아누웠잖아."

"그랬지."

"그런 애가 이 엄동설한에 무슨 수로 두만강을 건너니."

"덕분에 강이 꽁꽁 얼었지."

언니의 눈이 점점 커지며 한밤의 부엉이처럼 동그래졌다.

"너, 미쳤구나!"

겨울 언니는 이불을 휙 젖히고 일어나 앉았다.

"쉿, 엄마 아빠 깨시겠다."

"당연히 깨셔야지. 당연히 아셔야지."

부모님을 깨우고 싶진 않았다. 아빤 또 자기 탓이라고 울며 술을 마실 테고, 엄만 끊었던 담배를 피워 물 테고, 온 가족이 합심해서 날 벽장 속에 가두겠지. 그럼 난 다시 어릴 적 어둠 속으로 되돌아가고, 영영 미래가 보이지 않는 인생을 살게 되겠지.

"언니야, 나 더는 여기서 못 살겠어. 숨이 막혀. 바깥세상으로 나가고 싶어."

"뛰뛰한° 소리 그만해. 넌 벽장 속에서도 잘 살았잖아. 그때처럼 내 옆에 있기만 해."

○ 황당한

"그땐 여기가 전부인 줄 알았지. 이젠 아니란 걸 알아 버렸고. 언니야, 미안해. 근데 나 바깥세상을 보고 싶어. 내 두 발로 멀리, 멀리 돌아다니고 싶어. 그 생각만 하면 누가 목을 조르는 것처럼 답답해."

"조르긴 누가 졸라. 그냥 여기서 너 하고 싶은 대로 하라니까. 그게 어려워?"

"여긴 더 이상 하고 싶은 게 없어. 더 넓은 세상을 보고 싶어."

"하늘을 봐. 넓잖아. 넓고도 넓잖아. 별도 많고, 달도 있고, 해도 뜨잖아."

"평생 하늘만 보며 살긴 싫어."

"다들 그러고 살아. 사는 게 별거니?"

"난 언니하고 달라."

"다른 거 알지. 그래서 내가 아무것도 안 시키잖아. 그냥 내 옆에만 있어. 언니한테 그것도 못 해 줘?"

건넛방에서 아빠가 기침을 했다. 다 들었을까? 얼마 후 이불 뒤척이는 소리가 나더니 다시 조용해졌다. 고요가 어둠에 내려앉았다. 우리는 가만히 서로를 노려보았다. 구름에 가렸던 달빛이 창틈으로 새어 들어 노르스름한 사과 단묵° 같은 빛줄기가 언니의 얼굴 위로 드리웠다. 나는 잠시 마음이 흔들렸다.

○ 양갱

28

이대로 따스한 언니 품에 안겨 버릴까. 언니 말대로 그냥 아무 것도 안 하고 언니 곁에 있을까.

감옥에 있는 동안, 언니와 헤어지던 그날 그 마지막 밤을 얼마나 생각했는지 모른다. 몇 번이고 언니 품에서 잠이 드는 꿈을 꾸었다. 깨어 보면 차디찬 바닥에 눈물만 흥건했지만.

얼마나 지났을까. 밤이 흘러 달이 정수리 위로 높이 솟아 달 그림자가 흔적도 없이 사라졌을 때, 나는 낮에 싸 두었던 가방을 안고 이부자리에서 가만히 일어났다.

"언니야, 나, 간다."

돌아누운 언니는 아무 말이 없었다. 방문을 열고 나가려는데, 자는 줄 알았던 언니 목소리가 문득 내 어깨를 타고 들려왔다.

"잠깐만."

언니가 속삭였다.

"한 번만 안아 보자."

나는 이불 위로 가방을 떨구고 언니에게 달려가 안겼다. 언니의 볼이 촉촉한 걸 보니 눈물을 흘렸나.

눈을 떴을 때, 내 눈에 들어온 건 겨울 언니의 볼이 아니라 다른 여자애의 볼이었다. 어제 감옥으로 이송된 아이다. 하루 종일 올방자°를 하고 얼마나 맞았는지 눈가에 시퍼런 멍이 든

○ 책상다리

채로 다리가 아프다고 울었다. 이름이 '설'이라고 했다. 눈이 평평 내리던 날 태어나서 아빠가 그런 이름을 지어 줬다고, 소매로 눈물을 닦으며 말했다. 낮에 잠시 풋인사°를 나눌 때, 눈(雪)을 연상시키는 이름을 듣고 겨울 언니의 꿈을 꾼 걸까.

잠에서 깨었지만 내 눈에선 눈물이 멈출 줄을 몰랐다. 촉촉함 때문인지 자다가 깜짝 놀라 깬 설이가 까만 눈을 깜박깜박하며 나를 보았다.

"……."

"……."

우리는 한동안 그대로 말없이 서로를 보았다. 눈물로 옷이 젖어 철창 사이로 새어 드는 바람 더욱 차게 느껴졌다. 나는 설이를 안았던 손을 풀고 그대로 등을 돌려 잠든 척했다.

○ 간단한 인사

❄ 2

얼마나 달렸을까. 검은 동물 한 마리가 나무 기둥 사이를 요리조리 피해 달려간다. 살쾡이? 자세히 보니 그 애, 아까 먼저 뛰어내린 여름이다.

난 여름의 꽁무니를 표적으로 날아가는 화살. 내 달리기는 아직 녹슬지 않았다. 동네에서도 산을 잘 타기로 이름이 났던 나다. 아빠하고 송이 따러 산에 가면 송이꾼들이 나더러 날다람쥐, 날다람쥐 했다.

인기척에 놀랐는지 여름이 뒤돌아본다. 나와 눈이 마주쳤다. 간이라도 뜯어먹을 듯 맵짜게° 빛나는 눈빛이 선뜩했다. 하지만 이내 나인 줄 알고 안심한 듯 다시 숲을 헤치며 나아갔다.

발밑에 부러지는 나뭇가지. 덤불에 몸통 휩쓸리는 소리. 두

○ 　매섭게

려움과 절박함으로 뭉뚱그려진 거친 숨. 쿵쾅거리는 심장. 산을 몇이나 넘었을까. 셋? 넷? 모르겠다. 내가 산을 넘는지, 산이 나를 넘는지.

희미한 태양의 붓질도 사라지고, 숲속에는 진한 어둠만이 남았다. 더는 뛸 수 없었던 우리는, 그렇다고 멈출 수도 없어서 서로 약속이나 한 듯 빠르게 걷기 시작했다. 가시덤불이 나오면 맨손으로 걸었다. 손에 가시가 박혔지만 아프지 않았다. 감각은 통증을 데리고 우리보다 앞서 도망쳤다.

산등성이에 다다랐을 때, 갑작스레 구름이 걷히고 얄궂게도 휘영청 밝은 달이 고개를 드밀었다. 왜 하필이면 이런 날 보름달이야. 머리 위로 쏟아지는 달빛에 그림자가 졌다. 산속에 우리의 달그림자가 어른거렸다.

다른 동물들은 모두 잠들었나. 근처에서 반달곰이 겨울잠을 자고 있는지도 모른다. 눈 덮인 산머리에서 호랑이가 내려와 어슬렁어슬렁 달밤의 산책을 즐기고 있을지도 모른다. 그만큼 깊은 산중이었다. 혹시 멀리서 트럭이나 군홧발 소리가 나지 않는지 귀를 쫑긋 세운 채 걸었다.

부엉부엉. 어느 나뭇가지에선가 밤의 새가 경계하는 울음을 울었다. 여름이 놀랐는지 발을 헛디뎌 땅 위로 미끄러졌다. 나는 그 애의 팔을 잡아끌었다. 온통 축축하다. 아니면 내 손이 젖은 탓인가.

"일어나. 부엉이야."

내가 말했다.

"알아. 돌부리에 채였을 뿐이다."

몇 시간 전까지 있던 독기는 간 곳 없고, 여름은 기운이 쭉 빠져 보였다. 하긴 나도……. 어디쯤 왔을까. 여기는 어딜까. 몸속 나침반이 옳다면 이제 곧 우리 마을이 나올 텐데. 내게는 어렴풋이 그런 기대감이 있었다. 계속해서 북으로 산을 넘으면 엄마 아빠가 사는 우리 마을이 나올지도 몰라……. 식구들이 날 반겨 줄까? 사고뭉치 애물단지가 또 무슨 날벼락을 몰고 왔나, 그런 눈초리로 날 보며 귀찮아하는 건 아닐까?

"이제 어쩔 거야. 무슨 계획이라도 있어?"

식구들 생각을 털어 내려 입을 열었다.

"강을 건너야지, 우선은."

그 애가 내 옆으로 걸으며 말했다.

"혼자?"

"아는 사람이 있어."

"이번이 몇 번째야?"

"몰라. 그딴 걸 어떻게 세."

그 말이 허풍이 아니라면, 이 애는 나보다 몇 배는 더 경험이 많다. 셀 수 없이 강을 건넜다는 말은 셀 수 없이 죽음의 문턱을 오갔다는 뜻이다. 나는 이제 겨우 두 번째. 저쪽에서 이쪽으로 붙잡혀 온 것까지 합치면 도강°만 총 네 차례다.

처음 건너갔을 땐 어려서 뭘 몰랐나 보다 하고 금방 풀어 줬는데, 두 번째 잡혀 왔을 땐 손이 묶인 채 마을 광장으로 끌려가 공개 재판을 받았다. 어릴 때부터 나를 잘 아는 사람들도 내게 돌을 던졌다. 썩을 년, 나라 팔아먹은 개간나! 난 아무리 기억을 더듬어도 나라 같은 걸 팔아먹은 적이 없는데. 누가 나한테 나라를 살 리도 없고, 내가 팔겠다 나선들 누가 사탕 하나라도 주는 줄 아느냔 말이다.

"이번에 건너면 다신 안 올 거야. 그 자리에서 혀 깨물고 죽었으면 죽었지."

한참 만에 여름이 덧붙였다. 난 고개를 끄덕였다. 그래, 그건 그런데, 나도 같은 생각인데, 그렇지만 우리가 가진 어딜 간단 말인가. 가면 어디로 갈 수 있단 말인가. 아무리 세상 여기저기를 돌아쳐도 자유는 코빼기도 안 보였다. 과연 저 달이 비치는 지구상 어딘가에 우리가 갈 곳, 마음 붙이고 살 곳이 있기는 한가. 이 산등성이, 시린 달빛 비치는 이 음산한 숲속이 우리가 살 곳, 어쩌면 죽을 곳이 아닐까. 그렇게 얼마나 걸었을까.

"아……!"

나도 모르게 외마디 소리가 새 나왔다.

"우리 집…… 우리 집이야……."

그렇게 중얼거리며 나는 멀리 작은 마을을 내려다보았다. 집집이 하늘하늘 호롱불이 반짝이는 조용하고 아담하고 포근

○ 압록강 혹은 두만강을 건너는 일

34

한 그 마을 한가운데 우리 집이 있었다. 오늘도 엄마는 내 걱정을 하며 저녁상을 물렸겠지. 우리 막내가 밥은 제대로 먹을까, 잠은 제대로 잘까, 어디 아픈 데는 없나. 그런 걱정을 하며 이부자리를 깔았겠지. ……나는 산 밑의 우리 집으로 발걸음을 옮겼다.

"미쳤어?"

여름이 내 손목을 덥석 붙들었다.

"이거 놔, 엄마한테 갈 거야."

엄마,라는 말을 입 밖에 꺼내자 금방이라도 울음보가 터질 것 같다. 여태 꾹 참아 왔는데 작은 틈으로 둑이 무너지듯 투둑투둑 마음이 무너져 내렸다. 이 두려움, 이 외로움, 갑갑함, 절망, 공포, 세상 온갖 무서운 것들을 다 모으고 모아서 내 안에 욱여넣은 이 기분을, 엄마가 아니면 누가 알아준단 말인가. 난 버둥거리며 여름의 손아귀에서 벗어나려 애썼다. 그때 그 애가 내 손목을 휙 내팽개치며 독침을 쏘아붙였다.

"죽고 싶으면 지금 내려가라. 죽어도 너만 죽니? 네 식구들도 다 죽는다. 온 집안이 풍비박산 나겠지. 못 믿겠으면 지금 한번 내려가 봐라."

나쁜 년……. 하지만 빗말°이 아니야. 얄밉긴 해도 맞는 말이다. 다리에 힘이 풀려 그 자리에 털썩 주저앉았다. 축축한 낙

○ 틀린 말

엽이 너풀대며 날다 맥없이 내려앉는다. 영락없이 내 꼴이네. 아무런 힘도 없고 희망도 없고 그저 썩어 갈 뿐인 낙엽. 더도 덜도 말고 딱 이 낙엽만큼의 무게로 나는 살고 있구나. 가볍다, 가벼워. 눈물도 안 났다. 진흙이라도 한 줌 삼킨 것처럼 가슴이 꽉 막혀 숨도 제대로 쉬기 어려웠다. 누군가 내 다리 위로 낙엽을 덮어 주었다. 여름이었다.

"여기서 밤을 보내고 내일 날이 밝기 전에 내려가."

그 애는 주변의 낙엽을 그러모아 내 발부터 허리까지 꼼꼼히 덮어 주고는, 자기도 내 옆에 앉아 똑같이 낙엽 이불을 덮었다. 흙바닥의 냉기가 등골을 타고 올라왔지만 의외로 포근했다. 겨울잠 자는 개구리가 왜 그리 땅 밑으로 파고드는지 알 것 같다. 나도 이대로 땅을 파고 들어가 겨울잠을 잘 수 있다면. 그리고 날이 풀리고, 봄이 되어 모든 일이 원래대로 돌아가고, 아무 일 없었다는 듯 난 집으로 걸어 들어가고, 그렇게 다시 평소처럼 살 수 있다면…….

"울긴 왜 울어."

여름의 말을 듣고서야 내가 울고 있다는 걸 알았다. 나는 얼룩진 옷소매를 들어 올려 눈가를 쓱 닦았다. 울긴 왜 운단 말인가. 전부 내가 시작한 일인데. 울긴 왜 울어, 바보같이. 한 번도 빤 적이 없는 죄수복, 특히 소매 부분은 그동안의 눈물 콧물로 얼룩져 지저분했다. 나는 소매에 팽하고 세차게 코를 풀었다. 콧물이 꽤 많이 묻어 나왔다. 정말 마지막이다. 다시는 안 울겠다. 옷이 더러워지는 게 싫어서라도 안 운다.

여름이 바지 주머니에서 돌멩이처럼 꽁꽁 언 감자 한 알을 꺼내 이로 반을 쪼개더니 건네주었다. 이 가시나는 언제 이런 것까지 챙겼지. 문득 엄마가 감자를 가득 넣고 끓여 주는 뜨끈한 뜨더국°이 먹고 싶다. 얼음처럼 딱딱한 감자알을 크게 한입 베어 물며 그 애가 말했다.

"썩 괜찮은 동네네."

앞으로는 좁다란 실 강이 흐르고, 뒤로는 낮은 산이 품고 있는 시골 마을 밤 풍경. 조각칼이 있다면 눈에 새겨 넣고 싶을 만큼 고운 저 마을을, 그땐 왜 그토록 떠나고 싶었을까. 누구나 그 안에 살고 있을 때는 그곳의 아름다움을 보지 못하는 걸까. 사람이 원래 그런 동물이라면, 사람은 정말 불행한 동물이다. 그러다 스르르, 눈이 감겼던 것 같다.

컹컹, 컹컹.

마을 어귀의 개 짖는 소리에 놀라 눈을 떴다. 한 무리의 시커먼 사람들이 우리 집 쪽으로 우르르 몰려가고 있었다. 나는 가슴이 철렁 내려앉았다. 돌아보니 그 애도 깨어 내게 고개를 끄떡해 보였다. 우리는 바삐 손을 놀려 몸 위로 더 많은 낙엽을 끌어올렸다. 눈만 드러낸 채 눈동자를 굴려 저 아래 우리

○ 수제비

집을 내려다봤다.

저승사자가 있다면 꼭 저런 모습이겠지. 시커먼 사람들이 쾅쾅쾅 대문 두드리는 소리가 산등성이까지 올라왔다. 군인들이다. 어깨에는 날카롭고 삐죽한 것이 하나씩. 총이다. 저 몹쓸 물건 앞에 사람들은 무릎을 꿇는다. 벌레처럼 비굴해진다. 쳇, 누가 저따위 물건을 만들었어. 죽어서 그 인간을 만나게 된다면 먹살 잡고 욕을 퍼부어 줘야지.

대문이 열리고 검은 군인들이 손바닥만 한 집 안으로 척척 들어가더니, 이불이며 쟁개비°며 가마니들이 밖으로 내던져졌다. 닭이 푸드덕푸드덕 날아올랐다. 온 마을이 시끄러웠지만 무슨 일인가 하고 나와 보는 사람은 없었다. 달님, 부디 도와주세요. 제발……. 간절한 마음으로 하늘을 올려다보았지만, 달도 별도 구름 뒤에 숨어 떨고 있었다.

그날 동트기 전, 여름은 낙엽도 털지 않은 채 자기는 더 북으로 가야 한다며 떠났다. 그 애의 뒷모습이 사라질 때까지 한참을 바라보았다. 잘 가라. 살아서 강을 건너라. 경험 많고 똑똑한 그 애는 잘할 것이다. 문제는 나다.

길게 심호흡하고, 엉덩이를 바닥에 바싹 붙인 채 조금씩 산 밑으로 내려갔다. 어릴 때 뛰놀던 데라 눈 감고 갈 만큼 익숙했지만, 마른 나뭇가지를 밟아 딱 소리라도 날라치면 심장이

○ 냄비

밖으로 튀어나오지 않게 꼭 붙들어 매야 했다. 겁 많은 애벌레처럼 두리번거리며 조심조심 움직였다.

어스름한 길가에 인기척은 없었다. 제일 먼저 향한 곳은 산 아래 철진이네였다. 살그머니 철진이네 바자문˚을 열고 들어가 벽에 딱 붙어 앞마당을 기웃거리는데, 변소 문이 열리더니 사람의 그림자가 어른거렸다. 철진인가? 나는 용기를 내어 처마 그늘 밖으로 한 걸음 나왔다.

"거기 누구요?"

철진이 어머니다. 나는 침을 꼴깍 삼키며 한 걸음 더 나아갔다.

"아이고, 세상에!"

낮게 탄식을 내지른 철진이 어머니는 날개를 활짝 편 솔개처럼 두 팔을 벌리고 뛰어와 나를 껴안으며 부엌으로 들어가 문을 닫았다. 나는 오랜만에 따뜻한 사람의 품에 안겨 가래떡 뽑듯 쉬지 않고 흘러나오는 탄식을 들었다.

"어휴, 이제 어쩌면 좋으냐, 어쩌면 좋아. 어쩌면 좋으냐, 어쩌면 좋아……."

잠이 덜 깬 철진이와 철진이 아버지가 소란한 소리에 일어나 부엌문을 열었다가 나를 보고 동시에 입이 쩍 벌어졌다. 나는 철진이 어머니 품속에서 꽁꽁 언 두 손을 맞잡고 쭈뼛쭈뼛 인사했다.

○ 사립문

"안녕하셨어요? 철진이 아버님. 빈대야, 안녕. 잘 지냈니?"

~~~~~

그날, 같이 도망친 아이들 가운데 뒤에 뛰어내린 두 명은 잡혔다. 하지만 내게 언 감자알을 건네준 여름은, 결국 못 잡았다고 했다. 빈대가 내게 그 소식을 알려 주었다.

2

어머니와 열차 여행은 처음이다. 어머니는 하염없이 창밖을 내다보고 있다. 가도 가도 똑같은 풍경, 삭막한 들판 끝에는 우울한 하늘이 걸려 있다. 시간이 이대로 멈춘 듯하다.

일정한 시간의 궤도를 끝없이 달리는 것만 같은 열차 안. 우리는 둘 다 너무 지쳐 누가 먼저 나서서 대화의 주제를 찾아보려 애쓰지도 않았다. 차라리 그게 더 나았다. 나는 달리는 의자에 몸을 파묻고, 드넓은 지평선을 바라보았다. 잠도 오지 않는다. 도망은 아직 끝나지 않았다.

〰〰〰

마을 어귀에는 검은색 승용차가 한 대 서 있었다. 어머니는 운전석 남자의 얼굴을 흘끗 보더니 눈인사했다. 우리는 뒷좌석에 나란히 앉았다.

"어쩌다가 이런 일이……."

차 안에서 창밖을 내다보며 혼잣말하듯 어머니가 중얼거렸다.

"강 건너 브로커가 발각되는 바람에."

운전자도 짧게 답했다. 어머니와 운전자는 그 후 차가 멈출 때까지 한마디도 하지 않았다. 나는 배낭을 꼭 끌어안은 채 검은 물살처럼 흘러가는 마을을 바라보았다. 언젠가는 다시 오겠지. 내가 살아 있고, 이 마을도 남아 있다면.

10분도 안 돼 꽁꽁 언 강 앞에 내려섰다. 강폭은 학교 운동장 너비의 반도 안 됐다. 축구로 치면 골대에서 중앙선까지만 달리면 국경을 넘을 수 있다. 뒤에서 군인이 총질할 위험이 있으니 달리기가 5초는 단축되리라. 한밤의 운전자는 차에서 내리지도 않고 창문을 반 뼘쯤 내리며 말했다.

"몸조심하시오. 혹 일 그르치더라도 입 다무는 거 잊지 말고."

"알고 있소. 어쨌든 고맙……."

어머니의 인사를 다 듣기도 전에 운전자는 좁은 들길을 바람처럼 달려갔다. 자동차가 순식간에 내 시야에서 사라졌다.

"자, 가자."

어머니는 능숙하게 언 강 위로 달려 내려갔다. 내가 알던 어머니가 맞나 싶게 재빠르고 능숙한 몸놀림이었다. 어머니는 요리도 잘하고 옷 만드는 데도 재주가 있어서 장에서 옷감을 사다가 나와 아버지의 셔츠를 직접 만들어 주기도 했다. 이웃에선 어머니가 손이 야무지고 일에 빈틈이 없다고 칭찬이 자자했다.

내 앞에선 늘 살림만 하던 어머니가 한 손에 큰 가방을 들고 강둑을 뛰어 내려가 국경의 강을 달린다. 처음 보는 어머니 모습이 놀랍기만 하다. 뒤를 돌아보니 강을 따라 띄엄띄엄 세워진 초소가 눈에 들어왔다.

"저기 군인은?"

"달리기나 해. 지금쯤 내가 사들여 보낸 술과 고기로 코가 비뚤어지게 마시고 있을 거다."

달리기라면 자신 있다. 나는 달렸다. 어머니도 달렸다. 그 순간, 놀랍게도 기분이 좋았다. 가슴이 뻥 뚫린 듯 상쾌했다. 자유란 게 이런 걸까? 멀리 어두운 지평선이 우릴 향해 손을 내밀고 있었다. 그 위로 반짝이는 별찌°가 떨어졌다.

"헉, 헉, 헉."

언 강을 다 건넌 어머니가 무릎에 손을 대고 가쁜 숨을 몰아쉬었다. 나는 강둑을 뛰어 올라가다가 그런 어머니를 보고 돌아와 물었다.

"어머니, 힘드십니까?"

"헉, 헉. 아니, 좋다. 쩡하니° 좋다."

○ 별똥별
○ 시원하니

맵짠 겨울바람이 세차게 불어왔지만, 어머니의 이마에는 땀이 비 오듯 흘렀다. 나는 검정 장갑으로 어머니의 땀을 한번 닦아 주고는, 내가 썼던 빨간 모자를 어머니에게 씌워 주었다.

"추운데 땀 흘리면 감기 걸립니다."

어머니는 놀란 표정으로 나를 보았다. 난 싱긋 웃어 보였다.

"우리 아들, 다 컸네."

어머니는 내 어깨에 손을 짚으며 몸을 일으켰다. 어머니를 지켜야 한다. 낯선 세상에서, 이제 오롯이 서로를 지켜야 한다. 앞으로 무슨 일이 일어날지 알 수 없다는 두려운 생각 한편으로, 어렴풋이 그런 감정이 솟구쳤다.

"가자."

어머니가 내 손을 잡으며 말했다. 강을 건너서도 어머니의 놀라운 수완은 계속되었다. 가는 길목마다 우리를 기다리는 차가 대기하고 있었고, 그때마다 어머니는 가방 속에서 흰 봉투를 꺼내 그들에게 건넸다. 어머니는 아버지 앞에서 뒤로 숨기만 했는데, 아버지 없이 이렇게 밖으로 나와 보니 보통 담력이 센 게 아니었다. 내가 어머니를 지킬 기회조차 없이, 우리는 하루 만에 이웃 나라의 기차역에 도착했고, 열차표에 위조 신분증까지 손에 넣을 수 있었다.

역은 어마어마하게 컸다. 이웃 나라는 땅덩어리만 큰 게 아니라 건물이나 광장도 뭐든 큼직큼직하다고 말은 많이 들었지만, 실제로 와 보니 입이 떡 벌어졌다. 천장은 하늘에 닿을 듯이 높고, 넓이는 축구장을 스무 개쯤 이어 붙여 놓은 것처럼 까마득했다. 사람은 또 얼마나 많은지, 저마다 자기 목적지가 적힌 전광판을 찾아 개미처럼 와글와글 몰려다니고 있었다.

저쪽에서는 어떤 여자가 닫힌 개찰구를 타 넘다 붙잡혀 한바탕 복닥소동°이 벌어졌다. 여자 뒤에는 아들로 보이는 남자아이가 울고 있었다. 역무원들은 여자를 저지했지만, 여자는 끈질기게 난간에 매달리며 악을 썼다. 알아들을 수는 없어도 '이거 놔, 우린 들어갈 거야!' '열차는 이미 떠났어!' '지금 뛰어가면 탈 수 있어!' '안 돼, 위험해!' 이런 말이 오가는 듯했다.

대체 이 사람들은 다 어디로 가는 걸까. 어디로 가고 싶어서 저렇게 애를 쓰는 걸까. 우리처럼 목숨을 걸고 떠나는 사람도 있을까. 둘러보니 다들 한가하게 웃고 떠들고 뭘 먹고 의자에 기대 초벌잠°을 잔다. 그들 무리 속에 있으니 나도 그들처럼 된 것 같아 조금 안심이 든다.

개찰구를 빠져나가는데 제복 입은 덩치 큰 남자가 나를 뚫어져라 보았다. 가슴이 덜컹 내려앉았다. 들켰구나. 역무원이든 군인이든 공안°이든 제복 입은 사람들은 그들만의 특별한 감시 기관이 있을 것만 같다. 냄새에 민감한 개코처럼 그들만의 코나 눈이나 귀 같은 게 있는 거다. 혹시 내 얼굴에 도망자

○　소란
○　낮잠. 쪽잠
○　인민 경찰

45

의 낙인이라도 찍혀 있는 건 아닐까. 어머니가 내 표까지 두 장을 내밀자 남자는 별말 없이 우리를 안으로 들여보내 주었다. 그 사람은 개코가 아니었고 내게도 낙인이 없었다.

열차는 미끄러지듯 앞으로 나아갔다. 마치 세상의 끝을 향해 달리는 것만 같았다. 기복이 거의 없는 삭막한 벌판이 이어졌고 내 마음도 살짝 누그러졌다.

모든 게 잘될 거다. 어머니는 이 분야 전문가니까. 사람들에게 자유를 찾아 주는, 말하자면 그런 직업인 거다. 요리를 잘하고 재봉에 능하던 어머니보다 이런 기술이 있는 어머니가 훨씬 더 멋있다. 열차 천장에 매달린 작은 모니터로 고양이가 뛰어다니는 영상을 무심히 올려다보는 어머니의 옆얼굴을 보며, 나는 어머니가 품어 온 비밀들을 자세히, 하나도 남김없이 다 들려 달라고 해야겠다고 생각했다. 어머니의 역사는 곧 나의 역사니까. 위생실°에 다녀와서 물어봐야지. 나는 자리에서 일어나 어머니의 귓가에 들릴락 말락 하게 속삭였다.

"위생실 좀……."

어머니는 고개만 끄덕였다. 부드럽게 열리는 자동문을 지나 위생실 앞에 가 보니 손잡이 옆에 빨간 불이 들어와 있었다. 안에 사람이 있다는 신호 같았다. 나는 잠시 기다리기로 했다. 그때 어디선가 익숙하고도 흥분된 노랫소리가 들려왔다.

○ 화장실

"Nice one Sonny, Nice one Son. Nice one Sonny, Let's have another one."

어, 이건……! 소니의 응원가다. 펄쩍 뛸 만큼 반가워 두리번거리다가 출입문 앞 벽에 기대서 있는 한 남자를 발견했다. 스무 살쯤 되어 보이는 그 남자는 배낭을 다리 사이에 끼고 손전화로 무언가를 보고 있었다. 나는 가만히 다가가 남자의 굵은 팔뚝 너머로 손전화 화면을 보았다. 놀랍게도 소니가 출전한 토텐헴°과 첼시의 경기 장면이 흐르고 있었다.

"아!"

나는 기쁘기보다 너무 놀라 외마디 소리를 질렀다. 남자가 깜짝 놀라 돌아보았다. 내가 복잡한 감정에 휩싸여 말을 잇지 못하자, 나를 돌아본 남자가 치아를 열댓 개쯤 내보이고 활짝 웃으면서 말을 걸었다.

"손흥민 좋아해?"

"네!"

어느 나라 사람인지는 몰라도 우리말을 아주 잘했는데, 그 순간 내게 국적 같은 건 아무래도 상관없었다. 남자는 내 앞으로 손전화 화면을 내밀었고, 우리는 함께 서서 소니의 경기를 보았다. 달리는 열차 안에서 형의 경기를 볼 수 있다니! 역시 자유로운 세상은 다르구나. 고향에서는 이웃에서 듣고 신고할

○　토트넘

지 몰라서 집에서도 소리를 작게 줄여 봐야 했고, 불시에 검문이 들이닥치기 때문에 외국 영상 CD는 옷장 서랍 속에 숨겼다. 나는 흥분에 가득 차 경기에 푹 빠져들었다. 그러다 문득 등 뒤로 한 무리 사람들이 지나가는 낌새가 느껴져 흘끗 보았다.

'어, 제복이다!'

숨이 멎을 듯 두려웠지만, 그 마음을 숨기고 태연히 손전화를 보는 척했다. 표 검사를 하나. 제복 입은 사나이들은 위생실을 지나 어머니가 있는 객실로 향했다. 이제 소니의 영상이 눈에 들어오지 않는다. 벽 뒤에 몸을 숨기고 뙤창문° 너머로 제복 입은 남자들의 용태를 살폈다. 그들은 표 검사도 하지 않고 사람들 옆을 무심히 지나쳤다. 심장이 빠르게 뛰기 시작했다.

그들은 거침없이 나아가더니 아니나 다를까 어머니 앞에서 멈췄다. 일이 잘못된 게 틀림없어! 무슨 말을 나누는지는 들리지 않지만, 제복 입은 남자 셋이 어머니 앞에 버티고 섰다. 아, 제발 별일 아니기를…… 제발…….

그때 어머니가 자리에서 일어섰다. 한참 떨어진 창으로도 어머니의 표정을 읽을 수 있었다. 지옥문으로 걸어 들어가는 사람의 표정……. 잡혔구나! 아, 어머니, 어쩌면 좋습니까. 나는 우리 안에 갇힌 동물이나 마찬가지였다. 함께 축구를 보던 남자가 바들바들 떠는 나를 알아챘다.

○ 조그만 창

걱정스러운 표정을 짓던 남자는 무슨 생각인지 손전화 음량을 더 높여 내 손에 쥐어 주고는, 재빨리 발밑에 있던 커다란 배낭에서 야구 모자를 꺼내 내 머리에 씌우고 등판 가득 영어가 적힌 큼직하고 새하얀 유럽동복°을 내게 입혔다. 나는 벌벌 떨며 남자가 하는 대로 두었다.

그런 뒤에 우리는 아까처럼 함께 소니의 경기를 보았다. 조금 전과 달라진 것이 있다면 나의 복장과 영상의 음량, 손전화를 내가 들고 있다는 점, 그리고 모르는 그 남자와 어깨동무하고 있었다는 점뿐이다.

누가 보면 우리는 축구에 열광하는 형제처럼 보였을 것이다. 하지만 거기에 정말로 소니를 좋아하는 사람이 있었더라면 분명 이상하다는 걸 눈치챘으리라. 왜냐하면 소니가 화려한 직접벌차기°로 득점에 성공하고 손전화 속 서양인들이 미친 듯이 괴성을 질러도 우리는 꼼짝도 하지 않고 말없이 그 영상을 들여다보고만 있었기 때문이다.

○ 패딩
○ 직접 프리 킥

☀ 2

구름이 잔뜩 끼어 있다. 도강하기 좋은 날이다. 아까 날 쫓아온 설이가 고향 마을을 보며 닭똥 같은 눈물을 뚝뚝 떨어뜨렸을 때까지만 해도 시린 달빛이 폭포수처럼 쏟아지기에 내심 걱정했는데, 정신없이 강 앞까지 달려와 보니 밤하늘이 어느새 묵직한 떼구름으로 가득 차 있다. 달의 윤곽은 보이지 않았지만, 저쪽 하늘 끝이 유독 밝은 걸 보니 저 너머에 달이 있는 게 분명하다.

난 어릴 때부터 달이 좋았다. 뭐라 말할 수 없는 저 우아함을 닮고 싶었다. 누구의 손에도 닿지 않지만, 누구의 마음에나 흔적을 남기는. 그리고 날이 밝으면 미련 없이 뒤돌아 홀로 제 갈 길을 떠나는. 저 달처럼 살 수만 있다면……. 당신처럼 살고 싶다고, 오래전부터 달을 올려다보며 속삭였는데.

이윽고 동그란 달의 한쪽 뺨이 구름 밖으로 살짝 비어져 나왔다. 반가운 마음에 손을 뻗어 그 아름다운 곡선을 손끝으로 쓰다듬는다. 서늘한 은빛 온기. 내가 할 수 있을까? 이번에도 무사히 저 강을 건널 수 있을까? 답을 들려줘요. 다 알고 있잖아요. 숱하게 강을 건넜지만 그때마다 매번, 심장이 멎을 만큼 두렵다. 한 번도 쉬운 적 없었다.

그때 진한 암회색 구름 사이로 온전히 동그란 달이 슬며시 모습을 드러낸다. 물론, 넌 할 수 있어. 그렇게 대답이라도 하듯이. 달님은 구름바다를 헤치고 나오더니 내 머리를 어루만지며 조용조용 미끄러져 갔다. 나는 달의 음성을 좀 더 잘 듣기 위해 골똘히 귀 기울였다. 그사이 달은 다시 꽉 막힌 구름 뒤로 모습을 감추었다. 뭔가, 무슨 말인가 더 해 줄 것 같았는데. 달을 붙들 수 없는 게 안타까워 애먼 창틀만 만지작거리는데…….

"여름아."

누군가 작게 내 이름을 불렀다. 뒤돌아보니 문 앞에 검은 그림자. 그 사람이었다. 얼굴은 보이지 않았지만, 그 사람 목소리, 그 사람 몸이 꿈결처럼 거기 있었다. 난 조금도 주저하지 않고 푸른 달빛이 다가오는 창문을 떠나, 와락 그의 품에 안겼다.

"고양이 아저씨……!"

아저씨는 한 손으로 나를 안으며 한 손으로 끼익 창고 문을 닫았다. 늘 조심스러웠던 사람. 어쩐지 달을 닮았던 사람. 그래서 달을 보면 그렇게도 생각나던 사람. 그의 차가운 가슴에 얼굴을 파묻고 그의 냄새를 들이마시며, 나도 모르게 이 한마디만을 중얼거렸다.

"보고 싶었어요. 보고 싶었어, 보고 싶었어요……."

……얼마나 그대로 있었는지 알 수 없다. 아마도 달이 서너 번, 아니 예닐곱 번은 얼굴을 내밀었다 들어가길 반복했겠지. 달이 뜨든, 해가 솟든, 비가 오든, 상관하고 싶지 않다. 100년 된 은행나무처럼 아름찬° 고양이 아저씨의 몸을 안으니, 그제야 안도의 숨이 쉬어진다. 도강이니 탈옥이니 그런 말들은 멀리 사라지고, 이 거쿨지고° 믿음직한 팔뚝에 안겨 쭉 이대로 있고 싶다는 생각뿐이었다.

두만강 보초 군인인 용태 아저씨를 처음 만난 것은 정심이 고모의 담뱃가게에서였다. 아저씨는 내가 벽장에서 나와 언니를 따라 학교에 다니기 시작했을 무렵 이 지역에 첫 부임했다. 항상 담뱃갑에 검정고양이가 그려진 담배를 사 가서 나랑 겨울 언니가 고양이 아저씨, 고양이 아저씨, 하고 따랐었다. 담배를 사고 나오면서 아저씨는 공기놀이를 하거나 줄꼬니°를 두는 우리에게 사탕이나 껌을 쥐여 주곤 했다. 아저씨는 내가 아는 사람 중에 키가 제일 커서 어깨에 목마를 타면 보이지 않던

○ 두 팔 가득한
○ 다부지고
○ 땅에 줄을 그어 놓고 말을 움직여 겨루는 놀이

산등성이가 몇 개는 더 보였다.

"아저씨, 담배 맛있어요?"

"맛있긴. 더럽게 맛없지."

"그런데 왜 피워요?"

"훨훨 날아가고 싶어서 그런다. 이 연기처럼, 후……."

그때처럼 아저씨가 고양이 허리같이 긴 담배 연기를 훅 내뿜었다. 모래주머니며 흙을 넣은 포대 따위가 책책° 쌓여 있는 창고 안이 금세 연기로 가득 찼다. 흰 연기가 밖으로 빠져나갈 틈을 찾아 안절부절못하며 허공을 맴돌다가 어둠 속으로 사라졌다. 나는 사라져 가는 연기를 얼른 허파 깊숙이 빨아들였다. 먹은 거라고는 어젯밤 그 애와 나눠 먹은 감자 반쪽이 다였기에 고양이 발톱이 굶주린 배 속을 할퀴며 지나갔지만, 그런 통증이 도리어 나를 안심시켰다. 살아 있다는 기분이 들게 했다.

"어쩌자고 또 탈출했어."

아저씨가 고양이 한 마리를 더 뱉어내며 혼잣말처럼 읊조렸다.

"그냥 어릴 때 벽장에서 나오지 말걸."

"그건 아니지."

"사는 게 너무 힘들어요. 춥고."

아저씨는 나를 한번 내려다보더니 희미하게 웃었다.

○ 차곡차곡

"그건 나도 마찬가지다."

그러면서 고양이 담배를 군홧발로 비벼 끄고는 자기 목에 둘렀던 얇고 검은 목도리를 내 목에 둘러 주었다.

"용케 이런 차림으로 얼어 죽지도 않고 여기까지 왔구나."

"죽고 싶어도 잘 죽어지지 않던데요."

"죽긴 왜 죽어."

"안 죽고 살아서 뭐 할까요."

"안 죽고 살아서…… 바다를 보러 가야지."

"……."

바다. 한 번도 본 적 없는 바다. 너무 멀어서 세상에 그런 게 있는지 믿을 수도 없는 바다.

"보고 싶네. 안 본 지 너무 오래됐다. 여긴 너무 척박해. 온기가 없어."

아저씨 고향은 청진 바닷가라고 했다. 거긴 여기보다 따뜻하고 해산물이 풍부하단다. 물고기 같은 거, 여기선 잘 볼 수 없는데. 겨울 언니와 나는 아저씨가 해 주는 여러 가지 신기한 이야기 중에서도 바다 이야기가 제일 좋았다.

"또 얘기해 주세요. 아저씨의 고향 마을 그 바다……."

나는 고양이 아저씨 이야기를 들을 때면 늘 그러듯 구석에 무릎을 안고 웅크려 앉았다. 아저씨도 내 옆에 다가앉더니 이야기를 시작했다. 바깥에서는 맵짠 강바람이 귀신이 부는 휘파람 소리를 내며 휘휘 지나갔다.

"……반짝여. 끝도 없이 반짝이지. 철썩철썩 파도가 내게로 왔다가 다시 멀어지는데, 수면 위에 부서지는 햇살만큼은 오지도 않고 가지도 않고 변함없이 제자리에서 반짝여. 그런 반짝이는 비늘들로 꽉 채워진 곳을 상상해 보라. 바다는 그런 곳이다. 그 안에는 온갖 생물들이 살고 있지. 발목을 간질이는 얕은 곳부터 사람 키 100배나 1000배쯤 되는 깊은 곳까지, 바다남새°가 출렁이고 크고 작은 물고기들이 물살을 따라 세상 여기저기를 여행해. 조그만 배를 타고 노 저어 가면 알 수 있어. 이 세상이 모두 이어져 있다는 느낌이 들지. 세상 물은 다 이어져 있으니까. 검푸르게 출렁이는 바다는 너와 나와 세상 모든 걸 받아 줄 준비가 되어 있어. 한이 없는 너그러움에 반해서 너는 저도 모르게 바다로 몸을 던지게 돼. 힘을 뺀 채 얼굴을 하늘로 향하고 가만히 누워 있으면, 몸이 저절로 두둥실 떠오르지. 그렇게 일렁이는 수면 위에 둥둥 떠서 바라보면, 이번엔 끝도 없이 드넓은 하늘이야. 그렇게 우리는 바다에서 새가 되고 물고기가 된단다. 너에게 그 바다를 보여 주고 싶구나……."

"……난 이미 보고 있는걸요."

나는 눈을 감고 중얼거렸다. 거짓말이 아니라 정말로 내 눈앞에 바다가 펼쳐졌다. 고양이 아저씨의 바다, 겨울과 여름의

○ 해초

바다, 우리 모두의 바다. 하지만 진짜 내 살결로 바다를 만져 보고 싶다. 파도라고 부르는 것에 발을 담그고, 내게로 왔다가 다시 멀어져 간다는 물결을 쥐어 보고 싶다. 그 신비한 간질임과 마주하고 싶다…….

우리는 어느덧 바다를 떠나보내고 꽁꽁 언 국경의 강 앞에 섰다. 그래, 이번에 국경을 넘으면 바다로 가자. 세상 끝 어딘가에 넘실대고 있을 바다를 보러 가자. 그 바다에 발을 담그고 이 세상 온갖 것들과 마주하자. 그 바다는 이 강과 이어져 있으리라. 세상 모든 물은…… 이어져 있으니까…….

❄ 3

다시 혼자다. 어두컴컴한 동굴 속. 어쩌면 이곳이 내 인생의 시작이자 끝. 더듬더듬 손을 뻗어 빈대가 놓고 간 양초와 성냥을 찾는다. 치익— 성냥을 긋자, 굴 안이 순식간에 환해진다. 그렇지, 난 혼자가 아니었지. 여기 내 옆에 새끼 돼지가 있었지. 녀석은 새근새근 잠들어 있다. 나는 궁싯궁싯 몸을 뒤척이다가 잠자기를 포기했다.

이곳은 빈대네 돼지굴°이다. 빈대의 이름은 빈철진. 우린 종종 이름으로 별명을 짓곤 했는데, 철진이는 빈씨라는 이유 하나만으로 빈대라 불렸고, 철진이도 딱히 싫어하지는 않는 눈치였다. 빈대라는 생물은 세상에서 가장 덩치가 작고 볼품도 없지만 얼마나 친숙하고 좋으냔 말이다. 내 친구 빈대. 옆에 꼭

○   돼지우리

끼고 같이 놀고 싶은 빈대.

마음씨 좋은 빈대네 식구들은 당분간 나를 자기네 돼지굴에 숨겨 주기로 했다. 지하에 사람 가슴께만큼 땅을 파서 만든 돼지굴은 바람을 막아 주고 크게 춥지도 않다. 요즘처럼 추운 날 돼지를, 그것도 이렇게 어린 새끼 돼지를 바깥에 내어놓고 키우면 얼어 죽기 딱 좋다. 보통은 돼지를 살찌워 장마당°에서 이윤을 남겨 파는데, 고맙게도 자기 방을 내준 빈대네 돼지는 아직 너덧 킬로그램밖에 안 되는 암돼지였다. 나로서는 천만다행인 것이 만약 100킬로그램이 거뜬히 넘는 수돼지였다면 무서워서 이리 내려오지도 못했을 것이다.

나는 새끼 돼지의 등을 가만히 어루만졌다. 작고 어리고 따따한° 생물은 아무 걱정 없이 푹 잠들었다. 무슨 꿈을 꾸는지 가끔 몸을 파르르 떨고 코까지 골면서. 돼지야, 돼지야, 네 인생이나, 내 인생이나, 슬픔의 깊이는 도토리 키 재기구나. 이렇게 우리 둘 다 가족과 떨어져 외딴곳에서 쓸쓸히 밤을 보내야 하니. 그리고 언젠가는 팔려 가 죽게 되겠지.

아빠 말대로 그냥 자수할까. 자수하면 다시 감옥행이겠지만……. 그래도 식구들 얼굴은 볼 수 있고, 죽을 때 식구들 곁에서 죽을 수 있잖아. 돼지야, 너라면 어떻게 하겠니? 잠든 돼지한테 중얼거려 보아야 돼지는 간간이 코만 골 뿐이다. 아이

○ 시장
○ 따스한

58

고, 잘도 자네.

살면서 무언가를 결정해야 한다는 건, 사람만이 가진 특권이면서 사람만이 가진 고통 같다. 어릴 땐 세상에 내가 결정할 수 있는 게 턱없이 적어 답답했는데, 막상 일생일대의 중대한 결정을 내려야 하니 머리가 지끈지끈 아프다. 뭘 선택해도 망할 것 같다.

태어나자마자 어미와 떨어져 혼자 어두운 굴에 살다가 팔려 가는 돼지의 운명도 생각해 보면 슬프기 짝이 없지만, 그래도 무언가를 결정할 필요가 없으니 저렇게 아무 걱정 없이 쿨쿨 잘 수 있는 거겠지. 이것 아니면 저것, 저것 아니면 이것. 무엇을 어떻게 결정하느냐에 따라 내 인생이 완전히 달라질지도 모르는데. 영화에서 본 것처럼 동전이라도 던질까? 앞면이 나오면 도망, 뒷면이 나오면 자수. 주머니를 뒤져 보지만 동전 한 닢 안 나온다. 시간은 많고 할 일은 없으니 별의별 생각이 다 드네.

"설아."

그때 돼지굴 밖에서 조용히 나를 부르는 소리가 났다. 나는 얼른 담요를 덮어쓰고 구석으로 몸을 숨겼다.

"설아, 거기 있니?"

또 다른 이의 속삭임. 이건 또 무슨 함정인가.

"나야, 나."

어디서 많이 들어 본 목소리다. 나는 담요 밖으로 고개를 살짝 내밀고 떨리는 목소리로 답했다.

"누, 누구야?"

"우리야, 우리."

빈대의 음성과 함께 돼지굴로 작은 불빛 한 줄기가 들어왔다. 손전등이었다. 이어서 빈대, 피똥, 맹꽁이가 한 줄로 쪼르륵 내려왔다. 나는 가슴을 쓸어내리며 불빛이 닿는 곳으로 나왔다.

"어, 느이들이 어떻게……."

"설아!"

피똥이 내게 와락 안겼다.

"너 내가 얼마나 걱정했는지 아니? 이렇게 사지 멀쩡히 살아 있다니 참말로 다행이다. 그지간° 어찌 지냈어? 넌 우리가 보고 싶지도 않데? 그렇게 훌쩍 떠나는 법이 어디 있니?"

피똥은 귀엽고, 애교도 많고, 질투도 많은 아이다. 마음 여리고 착한 친구, 본명은 피은심. 코흘리개 시절부터 같이 놀았다. 몸매가 나와 다르게 호리호리해서 내가 좀 부러워했다. 목소리도 간들간들해서 인기가 좋았지. 어, 그러고 보니 질투가 많은 건 내 쪽인가?

"피똥아, 왜 아를 그리 다불러 대니°. 그만 떨어져라. 우리도 얼굴 좀 보자. 와, 설사가 빈대네 돼지굴에 숨어 있을 줄 누가

○ 그동안
○ 다그쳐 대니

60

알았겠냐. 너 얼굴이 새리새리° 했는데, 지금 보니 몸이 많이 깎였다°, 야."

하는 짓이 맹해서 맹꽁이라는 별명이 붙은 이 친구는 장명수. 얼굴은 허여멀겋고 키만 껑충하게 커서 참 얼빤했는데°, 이젠 맹꽁이도 제법 어른 티가 난다.

"아침에 설사가 우리 집 부엌으로 들어오기에 저게 사람 새끼인가 귀신 새끼인가 했지. 근데 말을 하더라고, 빈대야, 안녕, 하고."

그러고 보니 내 별명은 설사다. 이름이 설이라서 그럴 뿐 물론 설사와 아무런 관련이 없다. 좀 더 향기로운 별명이라면 좋았을 텐데. 하기야 내 별명이 귀엽고 예뻤을 걸 상상하면 뼈마디가 가드라들긴° 하지.

"다들 어찌 지냈니?"

"우리야 늘 똑같지. 그나저나 네 걱정을 얼마나 했는지 아니? 어제 너희 집에 군인이 들이닥치고 마을이 발칵 뒤집혔었다."

산 위에서 봤던 풍경이 떠올랐다. 그 생각을 하니 긴장해서 벌써 손이 축축해졌지만, 내색하지 않고 차분히 말을 꺼냈다.

○ 가물가물
○ 야위었다
○ 어리벙벙했는데
○ 오그라들긴

"진짜 이러려던 건 아닌데…… 왜 이렇게 됐는지 모르겠다. 미안하다."

"에이, 동무 사이에 그런 말이 어디 있니. 우리한테 사과할 필요 없다. 되려 미안한 건 우리지. 네가 그렇게 욕을 듣고 손가락질당하는데 막아 주지도 못하고."

광장 재판 때를 말하는 모양이다. 맹탕 같던 맹꽁이가 사람 위로할 줄을 다 아네.

"와, 맹꽁이가 사람이 됐구나, 야."

"하하, 너 무슨 말을 그리하니. 나도 내년이면 열일곱 살이다. 조금 있으면 군대도 간다."

"엄마야, 눈에 띄는 거라곤 남북머리°밖에 없던 맹꽁이 네가 군대를 간다고?"

"그럼, 가지."

"널 받아 주는 물렁한 부대도 다 있다니? 맹꽁이 부대라면 또 몰라도."

"설사, 너 말 다 했니?"

"야, 야, 오랜만에 봐서는 왜 싸워."

착한 피똥이 중재에 나선다.

"싸우긴 뭘 싸워. 맹꽁이가 나한테 상대는 되니?"

"야, 설사 말소리 맵짠 거 보니까 아직 살아 있네."

○ 짱구

빈대가 메밀눈°을 짜그라뜨리며 낄낄거렸다. 옛 친구들을 만나니 동네에서 뛰놀던 어린 시절로 되돌아간 것만 같다. 다들 하나도 안 변했다. 참 신기한 것이, 오래전 함께했던 사람들과 같이 있으면 마치 그 시절 그날로 되돌아간 듯한 착각이 든다. 빈대네 돼지굴 안에서, 우리는 오래전 어릴 적 그때로 되돌아갔다.

"어쨌든 반갑다. 이리 앉아라."

손님 대접이라고 하기도 뭣하지만, 나는 일어나 지푸라기를 넓게 펴서 네 명이 둘러앉기 편하게 자리를 만들었다. 친구들과 이렇게 앉아 본 게 얼마 만인지. 산이고 들이고 팔방돌이처럼 싸돌아다니며 놀기도 많이 놀고 싸우기도 많이 싸웠다. 하지만 우리끼리 싸우는 일은 있어도 다른 애들이 싸움을 걸어오면 넷이 똘똘 뭉쳐 서로를 지켜 주었다. 말하자면 한패였다.

"춥다. 돼지야, 이리 오너라."

어디론가 도망갔던 새끼 돼지가 슬그머니 주인 품으로 다가왔다. 빈대는 온기를 느끼려고 새끼 돼지를 바싹 끌어안고 비비적거리며 말했다.

"이제 떠나면 영영 못 볼지도 모르는데 인사라도 해야지 싶었다."

우리는 한동안 침묵했다. 영영 못 볼지도 모른다……. 이 말

○ 작고 세모진 눈

63

에는 할 말을 잃게 만드는 힘이 있는 것 같다. 그 슬픈 힘이 돼지굴 안에서 빠져나가기까지, 우리는 잠시 입을 열지 못했다.

"설사야, 네가 없으니까 온 마을이 다 허거프더라°."

맹꽁이가 우울한 분위기를 깨고 입을 열었다.

"맹꽁아, 너 키만 큰 게 아니라 말수더구°도 많이 늘었구나."

내가 받아치니 피똥이,

"말솜씨만 는 줄 아니? 맹꽁이 춤 솜씨도 보통 아니다."

"놀리니? 맹꽁이가 춤을 춘다고?"

"전에 동네 애들이 다 모여서 오락회를 하는데, 말도 마라, 설사 네가 강 건너에서 배워 온 뼈 없는 춤을 추더라. 요렇게."

빈대가 앉아서 웨이브 비슷하게 허리를 움직였다. 동네 아이들은 밤만 되면 할 일도 없고 심심하니 누구네 집에 모여서 다 같이 오락회를 열고는 했다. 피똥 엄마가 애들이 와서 노는 걸 좋아해서 주로 피똥네 집에서 놀았다. 숫자 대기를 하다가 틀린 사람이 음악에 맞춰 춤을 추는 놀이였는데 남자가 지면 여자를 지목하고, 여자가 지면 남자를 지목하는 식으로 꼭 남녀가 둘이 짝을 지어 췄다. 보통은 자기 마음속에 있는 아이를 지목하기 마련이라 누가 누구를 좋아하는지 쉽게 들통이 났다.

○ 허전하더라
○ 말솜씨

처음 강을 건넜다 돌아왔을 때, 하루는 내가 강 건너에서 배워 온 웨이브를 췄더니 아이들 눈이 호박만 하게 커져서는 입이 쩍 벌어졌다.

"야, 설사 몸 잘 꼰다."

"와, 저게 사람 새끼냐, 개미 새끼냐."

"저거, 저거, 허리 수술했네, 수술했어."

웨이브 한 번에 애들이 얼마나 시끄럽던지,

"식초를 한 순갈씩 먹어 봐라. 그러면 허리가 잘 돌아간다."

하고 거짓부렁을 쳤는데, 내 말에 너도나도 피똥네 부엌으로 달려가서 식초를 퍼먹고 따라 췄다. 애들아, 나라고 그 춤을 쉽게 배운 줄 아니? 강 건너 시골 할머니 집에서 온갖 궂은일을 다 했지만, 딱 하나 좋은 건 하루 종일 텔레비전을 켜 놓고 사는 집이라 드라마에 뉴스, 음악 방송까지 지겹도록 보고 들을 수 있었지. 거기서 남조선 가수들 춤 보고 화장실에서 얼마나 연습했게. 나도 열심히만 추면 텔레비전에 나오는 가수가 될 수 있을 줄 알았거든.

그래도 힘들게 연습한 보람은 있었는지, 동네 아이들이 다들 따라 췄었다. 그런데 그걸 누군가 고깝게 보고 고자질해서 그날 밤 집으로 누가 찾아왔었다.

"여기 민설이라고 삽니까?"

"예, 그런데요."

엄마가 나가 보니 나라에서 나온 보위부 사람들이었다.

"민설이 튀튀한° 춤을 추고 다닌다는 신고가 들어왔습니다. 자중 좀 시키십시오."

그 사람들이 돌아가자 엄마가 말했다.

"흥, 춤 좀 춘다고 무슨 문제니. 내 보기엔 좋기만 하던데. 못 추는 사람들이 배가 아픈가 보다. 춰라, 더 춰. 나중엔 다 따라 할 거다. 다 따라올 거야."

늘 옳았던 엄마. 엄마의 말은 족집게처럼 정확했다. 맹꽁이가 웨이브를 춘다면 이 마을 밭두렁을 기어다니는 지렁이도 웨이브를 출 거다.

"그때 내가 얼마나 욕을 먹었는데, 맹꽁이 너까지 웨이브를 다 추니? 한번 춰 봐라. 나도 좀 보자."

"그래, 맹꽁아. 춰 봐."

피똥이 웃으며 맹꽁이의 어깨를 떠밀었다.

"피똥 너도 같이 춰야지, 짝이 안 맞잖아."

빈대가 한술 더 떠 끼어들었다.

"어머, 나는 못 춘다. 음악도 없고."

피똥이 손사래를 치니,

"한밤중에 돼지굴에서 음악 틀다가 온 동네 사람들 다 깨울 일 있니? 음악이 무슨 소용이야. 이렇게 슬슬 흔들면 되지. 새삼스레 내우하지° 말라."

○ 너절한
○ 수줍어하지

빈대가 꾸부정하게 구부리고 일어나 허리를 흔들었다. 빈대도 어지간히 춤을 좋아하나 보다. 돼지굴은 사람이 벌떡 일어설 만큼 천장이 높지는 않았지만 그렇다고 춤을 못 출 만큼 비좁지도 않았다.

"그럼 내가 입으로 살살 노래 불러 줄게. 어서 춰 봐."

그렇게 내가 속삭이듯 노래를 부르기 시작했고, 맹꽁이가 마지못해 추는가 싶더니 피똥도 일어났다. 흥에 겨운 빈대가 내 손을 잡아끌어서, 결국 우리 넷 모두 허리를 구부리고 춤을 췄다. 기 큰 맹꽁이는 몸을 바짝 접고 춰야 했다. 물론 맹꽁이의 웨이브는 웨이브랄 것도 아니었지만 그래도 난 모처럼 뒤로 넘어갈 듯이 웃었고, 다 같이 땀이 배어 나올 때까지 몸을 흔들고 또 흔들었다. 빈대가 손전등을 들고 빙빙 돌리니 강 건너 디스코장이 따로 없었다. 새끼 돼지가 무슨 일인가 하고 우리 주위를 우왕좌왕 서성이며 꿀꿀거렸다.

"아이고, 힘들어서 더는 못 추겠다."

피똥이 바닥에 널브러졌다.

"아, 숨차. 느이들 정말 많이 늘었네. 놀랐다. 다들 하산하여라."

"하하하, 사부님이 인정하셨다."

나는 이마에 흐르는 땀을 닦으며 오랜만에 행복한 기분에 젖었다. 친구들과 신나게 몸을 흔드는 것만큼 즐거운 일이 또 있을까.

"실컷 추고 나니까 목이 마르네. 뭐 마실 것 좀 없니?"

맹꽁이도 벌렁 자빠지며 집주인을 향해 물었다.

"지금 어찌 부엌에 들어가니. 어른들 다 깨실 텐데."

내가 핀잔을 주었다. 그때 빈대가 좋은 생각이 났다는 듯, 주저앉은 우리에게 어깨동무하며 속삭였다.

"이리 모여 봐."

"왜, 왜?"

"좋은 생각이 났어."

"뭔데, 뭔데?"

"우리 쩡하게 동치미 한 사발씩 할까?"

"동치미?"

나는 군침이 넘어갔다. 우리 집 김치움에도 동치미 항아리가 있었지. 아빠는 밤마다 저녁 식사 후에 꼭 동치미를 한 사발씩 드셨는데, 그래야 꽉 막힌 속이 뚫려서 잠이 잘 온다고 했다. 지금 동치미 딱 한 사발만 마시면 소원이 없겠다. 강 건너에서 김치는 먹었어도 동치미는 못 먹어 본 것 같다.

"좋다, 김치움으로 가자!"

빈대네 김치움은 집 밖 마당 한 귀퉁이에 있었다. 우리 넷은 차례로 돼지굴 계단을 올랐다. 빈대는 손전등을 끄고 머리를 빠끔 내밀어 밖을 살폈다. 아무도 없는 모양이다. 빈대가 손을 들어 앞으로 나가자는 손짓을 했다. 우리는 까치발을 딛고 한 줄로 서서 재빠르게 김치움으로, 먹잇감을 찾는 생쥐처럼 날

렵하게 몸을 움직였다. 김치움도 지하에 굴을 파고 만든 거라 일단 문 열고 들어가기만 하면 사람들 눈에 띌 염려는 없다. 넷 다 김치움으로 들어선 뒤에야 빈대가 다시 손전등을 켰다. 공간은 돼지굴과 비슷했지만 빼곡하게 독이 들어차 있어서 더 비좁았다. 빈대는 자기네 독에 손전등을 비추며 차례로 하나하나 읊었다.

"이건 배추김치, 이건 명태김치, 이건 열무김치, 이건 써레기 김치°, 이건 깍두기, 이건 갓김치, 이게 아마 동치미일걸."

"자, 설사가 제일 열심히 쳤으니까 먼저 한 사발 쭉 들이켜라."

빈대가 김칫독 한쪽에 놓여 있던 그릇으로 동치미 국물을 가득 퍼서 내게 건넸다. 나는 입맛을 다시며 그 그릇을 두 손으로 받았다. 손가락이 표면에 붙어 버릴 만큼 차가웠다. 동치미에는 살얼음이 끼어 있었다. 여기 국수를 말아 넣은 동치미 국수도 참 맛있는데. 나는 우선 빈대가 건네준 그릇을 쭉 들이켰다. 머리칼이 쭈뼛 설 만큼 시원하고 온몸에 낀 잡스러운 생각들, 슬픔이나 외로움이나 두려움이 싹 다 날아갈 만큼 맛이 좋았다.

"아, 맛 좋다!"

"나도, 나도."

○ 섞박지

"나부터다."

피똥과 맹꽁이도 먹이를 보채는 새끼 강아지인 양 항아리로 달려들었다. 빈대는 피똥, 맹꽁이순으로 동치미 국물을 떠 주더니 자기도 한 사발 가득 퍼서 쭉 들이켜고는,

"어, 가슴속까지 쩡하구나!"

하고 외치며 입가를 닦았다.

우리는 서로 마주 보고 소리 없이 웃으며 누가 먼저랄 것 없이 어깨동무했다. 서로의 체온과 입김과 감정이 몸을 타고 흘렀다. 문득 내 입에서 이런 말이 새어 나왔다.

"쭉 이렇게 살면 얼마나 좋을까."

그러자 피똥이 내 어깨를 잡은 손에 힘을 꾹 실었다.

"나도 너 막고 싶지만, 여기 있으면 죽는다."

맹꽁이가 들릴 듯 말 듯 속삭였다.

"그래, 지금은 헤어지지만 언젠가는 만나겠지."

그때 빈대가 우리 모두의 머리를 마구 헝클어뜨리며 맞장구쳤다.

"그래, 맞다. 언젠가는 만나겠지."

나도 지지 않고 말했다.

"좋다, 언젠가는 만나자!"

그날 밤 우리는 동치미 국물을 마시고 쏟아지는 별을 보며 헤어졌다. 나는 돼지굴로 돌아와 새끼 돼지를 끌어안고 몸을 누이며 생각했다. 꿈에서라도 종종 친구들을 만날 수 있으면

좋겠다. 하지만 오랜 시간이 흐르면, 그 친구들 얼굴마저 가물가물할까 겁난다. 기억 속에서 그 애들 얼굴이 사라진다면, 얼굴 없는 그 애들은 영원히 내 꿈으로 찾아올 수 없을 테니까.

⚽ 3

우르릉, 쾅쾅!

하늘이 쩍쩍 갈라진다. 밤하늘의 거대한 입이 나를 집어삼
킬 듯하다. 빗방울은 점점 더 굵어졌다. 입가에 흘러드는 이 축
축한 것이 눈물인지 빗물인지 알 수 없다. 몸이 덜덜 떨렸다.
비를 맞아 외투가 무겁기만 하다. 배도 고프다. 오늘 먹은 것이
라곤 낮에 어머니와 열차 안에서 먹은 삶은 닭알° 두 개가 전
부였는데.

어머닌 도대체 어디로 끌려갔을까. 나는 이제 어디로 가야
하나. 이 비를 피해야 한다는 생각마저 들지 않는다. 그냥 물웅
덩이 위로 엎어져 죽어 버릴까. 모든 걸 포기해 버릴까. 어둠
속으로 영원히 숨어 버릴까.

○ 달걀

우산을 쓰고 걷는 사람들은 나를 미친놈 보듯 흘끗거리지만, 그런 건 상관없다. 말도 안 통하고, 마음도 안 통하는 이 사람들은 허수아비나 마찬가지다. 빗속을 분주히 걷는 허수아비들의 세상에서 나의 몸빛은 조금씩 옅어진다. 이렇게 나는 이 세상에서 사라지고 마는 것일까.

열차에서 나를 구해 준 남자와는 말도 통했고 마음도 통했다. 우리는 같은 영상을 수십 번쯤 보았고, 등 뒤로 어머니가 잡혀가는 동안에도 내 눈길은 등번호 7만 쫓았다. 하지만 내 마음은 지구가 멸망한 듯한 충격과 공포에 휩싸여 덜덜 떨고 있었다. 열차가 종착역에 다다라 사람들이 내릴 준비를 할 즈음이 되어서야 축구를 좋아하는 남자가 내게 물었다.

"너, 괜찮니?"

괜찮을 리가 없다. 나는 오늘, 평생을 달려오던 궤도에서 벗어나 추락하고 있다.

"일없습니다."

"일없다고?"

남자의 얼굴에 당황하는 빛이 스쳤다.

"그래도 혹시 모르니까 그 옷하고 모자는 너 줄게."

옷? 그제야 선반 위에 두고 온 내 외투와 배낭이 떠올랐다. 나는 작은 창문 너머로 어머니와 내가 있던 자리 위 선반을 보았다. 어머니의 큰 짐 가방은 사라졌지만 내 소지품은 그대로 있는 듯했다. 나는 빌려 입은 옷을 벗으며 남자에게 인사했다.

"고마웠습니다."

동복을 벗는데 손끝이 덜덜 떨렸다.

"모자는 그냥 쓰고 있어. 몸을 숨기는 데 도움이 될 거야."

남자와는 그렇게 헤어졌다. 나는 거친 물살을 거슬러 올라가는 한 마리의 물고기처럼, 인파를 거슬러 어머니가 사라진 자리로 돌아왔다. 주위를 살폈지만 내게 관심을 갖는 사람은 없었다. 나는 야구 모자를 더 깊이 눌러쓰고 재빨리 내 검은 외투와 배낭을 선반에서 내렸다. 그때 어머니가 앉았던 의자 밑에 낯익은 물건의 귀퉁이가 반짝였다. 어머니의 지갑이었다. 나는 좌석에 앉아 운동화 끈을 묶는 척하며 의자 밑에 떨어진 지갑을 주웠다. 어머니는 공안에게 잡혀가면서도 날 위해 지갑을 흘려 줬구나. 바짓단을 살짝 들어 올려 양말 속으로 지갑을 집어넣으며 생각했다. 역 밖으로 나갔을 때부터 후드득후드득 장대비가 내리기 시작했다.

비는 점점 더 거세지고, 해마저 져서 사방이 물과 어둠에 잠기고 있었다. 어머니의 지갑 속에는 위안화가 두둑했지만, 우산을 살 수도 없었다. 무언가를 사려면 누군가를 만나야 한다. 나를 드러내지 않는 동안에만 나는 안전할 것이다. 무작정 아무 방향으로나 걸었다. 될 대로 되라는 심정이었다.

빗속을 얼마나 걸었을까. 이대로 내가 죽는다 해도 세상은 눈 하나 깜빡하지 않으리라는 데 생각이 미쳤을 때, 주황색 둥근 처마 밑에서 간신히 비를 피한 노란 공중전화가 눈에 들어왔다. 아버지……. 아버지에게 전화를 걸어 볼까? 날 좀 데리러 오라고, 아이처럼 엉엉 울어 볼까? 어머니는 잡혀가고, 말은 안 통하고, 천둥은 치고, 나는 왜 여기 이러고 있는지 모르겠다고, 그렇게 말해 볼까? 나는 지금 완전히 길을 잃었다고…….

수화기를 몇 번이나 들었다 놨다. 아버지 전화번호는 알고 있었다. 국경의 열차를 관리 감독 하는 아버지는 강 건너로 출장도 갔다. 어쩌면 지금도 이 나라에 있을지 모른다. 금세 나를 데리러 올 수 있는 곳에. 그래, 일단 전화라도 해 보자. 마음의 결정을 내리고 어머니의 지갑을 열어 동전을 구멍 안으로 집어넣은 후 검은 숫자판을 꾹꾹꾹…….

"여보세요."

전화를 걸자마자 아버지의 묵직한 음성이 수화기 너머에서 들려왔다. 나는 꾹 참았던 눈물이 터져 나올 것만 같았다. 아버지는 내 전화를 기다렸던 게 분명하다. 어머니는 뚝박새 같은° 양반이라고 불평이었지만, 내게는 너른 대지처럼 든든한 아버지였다.

"광민아, 너냐?"

"아, 아버지……."

"지금 어디냐?"

○ 무뚝뚝한

"……여기가."

주변을 둘러봐도 낯선 건물과 낯선 글자, 낯선 어둠뿐이다.

"모르겠어요. 그런데 어머니가, 어머니가요……."

"어머니 걱정은 마라. 안전하게 모시고 왔다."

가슴이 철렁 내려앉았다. 울먹이던 목소리가 쏙 들어갔다. 아버지가, 어머니를?

"……아버지가 신고했습니까?"

"하나뿐인 아들이 납치됐는데 당연하지."

납치……라니. 그런 게 아닌데. 갑자기 속이 울렁거렸다.

"어머니, 바꿔 주세요."

"여기 없다. 넌 도대체 어디야."

평생을 믿었던 아버지인데, 내 인생에 축구공을 선물한 고마운 사람인데, 이 수화기 너머 나의 아버지라는 사람이 진짜인지 거짓인지 알 수 없었다. 내가 어디 있는지 말해도 될까. 의심이 든다. 내가 뜸을 들이자, 아버지가 말을 이었다.

"그러니까 너는 얌전히 집에 있으면 좋았잖아. 정확히 지금 네가 있는 곳이 어디냐. 열차 종점에서 내렸어? 내가 당장 그리로 가……."

나는 팽개치듯 수화기를 놓고 빗속을 달리기 시작했다. 전화로 위치 추적을 하고 있었을지도 모른다. 당장이라도 열차 안에서 본 공안이 나타나 내 뒷덜미를 잡아챌 것만 같았다. 아버지는 나를 사랑한다. 어쩌면 어머니도 사랑했다. 사랑하니까 놓아줄 수 없었나? 아니면 아버지도 누군가의 압력을 받았나. 일이 어떻게 돌아가는지 도무지 알 수 없었다. 다만 분명한 건, 아버지가 나를 잡기 위해 사군데로° 수를 쓸 것이라는 사실이다. 어머니는 이미 잡혔고 아아, 나는 이제 어떻게 해야 하지? 어디로 가야 하지?

나는 세차게 빗물을 튀기며 달렸다. 최대한 공중전화에서 멀리. 역에서 멀리. 국경에서 멀리. 그저 달리고 싶다는 생각뿐이었다. 아마도 내 몸은 달리기를 선택한 모양이다. 축구는 몸으로 하는 운동이다. 결정적인 순간에는 언제나 머리보다 몸이 먼저 반응한다. 내 머리는 혼돈에 빠져 있을지 몰라도 내 몸은 내가 가야 할 곳을 알고 있었다.

아버지가 나를 잡을 수 없는 곳. 멀리, 아주 멀리 도망쳐야 해. 이젠 정말로 혼자다. 어떻게든 혼자서 살아남아야 한다. 어머니도 내 곁을 떠났고, 아버지도 더는 믿을 수 없고. 이제 내게 남은 사람은…… 배낭 속 소니뿐이다. 형, 이제 우리 둘뿐이야. 달리자, 쏜살같이 쌩쌩 어디로든 달리자. 이제 그 수밖에 없어. 내게 남은 건 그것밖에 없어.

○   사방으로

3

일부러 마을 입구에서 택시를 세웠다. 이곳은 여전하네. 오
래된 연립 주택 단지를 지나, 식당과 약국, 신발 가게, 식료품
점이 늘어선 상점가를 지나, 중고등학교를 지나, 그러고도 한
참을 걸었다. 차고 건조한 바람이 불어와 볼을 때렸지만, 어쩐
지 조금 걷고 싶었다. 고양이 아저씨가 준 검은 목도리를 코끝
까지 끌어 올리며 바람에 맞서 걸었다. 아저씨 목도리에서 검
정고양이 냄새가 난다.

～～～

고양이 아저씨는 내가 도강할 때마다 나를 도와주었다. 이
번에도 발목까지 내려오는 긴 외투 앞섶을 펼치며 나를 숨겨
주었다. 나는 내장을 잃어버린 박제된 짐승처럼 황량한 아저씨

의 품속에 안겨, 아저씨의 심장 박동을 들으며 국경을 건넜다.

이마 위로 작고 하얀 눈송이가 떨어졌다. 눈송이도 날고, 나도 날고, 그동안의 추억들, 아픔들, 이별들도 날았다. 나는 고요한 세상의 끝을 날았다. 반짝이는 하얀 결정 위를 날았다. 인간은 멸망하고, 세상에는 오직 고양이 아저씨와 나, 둘뿐이라 생각한 순간, 내 두 발이 만두피처럼 얇게 눈이 깔린 강둑 위에 내려졌다.

"자, 나는 여기까지다."

고양이 아저씨가 말했다. 나는 이웃 나라 강둑에 서서 멀리 잠든 고향 마을을 바라보았다. 고요했고, 아름다웠다. 눈송이는 아까보다 더 크고 단단해졌다. 간간이 보이는 작은 집들, 가녀린 나무들, 헐벗은 산등성과 내가 걸어온 좁다란 골목길들, 그런 것들이 함박눈 너머에 곱게 잠들어 있었다.

"자, 이 돈으로 두툼한 옷이라도 사 입고."

고양이 아저씨가 지폐 몇 장을 내 손에 쥐여 주었다.

"괜찮아요. 거기 가면 나도 모아 둔 게 좀 있고……."

"그래도 먼 길 가는데 여비가 없으면 고생이다."

"……가서 꼭 갚을게요."

"그런 소리 마라. 여기 일은 다 잊고 몸조심해. 그리고 어딜 가나 누구도 지나치게 믿지는 마라. 세상에서 언제나 가장 믿고 따라야 할 것은 너 자신이야. 네 안의 마음이다. 거기에 항상 바른길이 있어."

아저씨, 고마워요. 아저씨가 해 준 말들, 잊지 않을게. 나는 미련 없이 뒤돌아 아무도 없는 이국의 바람 속을 달리기 시작했다. 어느새 눈앞에 하얀 억새밭이 펼쳐졌다. 나는 억새들 틈으로 들어가 한 번 뒤돌아보았다. 아저씨가 슬픈 눈으로 검정 고양이 한 개비를 입에 물고 불을 붙이고 있었다. 어둠 속에서 작고 긴 담배가 이상하리만치 빛났다. 잠시 후 허리가 긴 흰 고양이 한 마리가 이쪽으로 달려왔다. 나는 고개를 돌려, 그 연기보다 더 빨리 억새들을 헤치고 달려 나갔다.

~~~~~

강을 건너자마자 시장에서 두툼한 동복을 샀다. 다 헤져서 안으로 축축하게 물이 들어오는 신발을 버리고 새 운동화도 샀다. 양말과 속옷과 칫솔도 샀다. 차비도 수월하게 해결됐다. 만약 고양이 아저씨가 준 돈이 없었더라면 마담에게 전화를 걸어 도움을 청하는 번거로움을 겪었을 것이다.

처음 이 마을로 흘러들어온 게 3년 전이었나. 그때도 이렇게 추운 겨울이었다. 이곳은 조선족 자치주라 상점에 우리말 간판이 많고 우리말 하는 사람들을 상대로 하는 술집도 있다. 손님은 물론 거의 남성. 사장님이라 불리는 중년 단골들이 꽤 있었는데 나중에야 그 사람들이 진짜 사장이 아니란 걸 알았다. 사장 소리가 그렇게 듣기 좋나? 여우나 곰처럼 자길 닮은 동물들로 불러 달라고 했다면 귀엽기나 했을 텐데. 어쨌거나 하나도 귀엽지 않은 여우와 곰 덕택에 돈은 좀 모을 수 있었다.

돈은 '로즈'에서 잡혀 나올 때 마담에게 맡겨 두었다. 당장 어디 쓸 데가 있어서 모은 건 아니었지만, 언젠가 필요할 때가 올 거라고 여겼다. 지금이 바로 그때일까. 그래, 바다. 푸른 바다를 보러 가자. 고양이 아저씨의 입속에서만 넘실대던 바다. 내 눈으로는 한 번도 본 적 없는 바다. 내 돈을 받아서 바다로 가자. 로즈는 이제 지긋지긋해.

바닷가 마을에서 살면 어떨까. 하늘을 나는 작은 새처럼 날고 싶을 때 날고, 쉬고 싶을 때 쉬며 자유롭게 살고 싶다. 감옥을 막 벗어난 내가 원하는 전부다. 소박하게 살고 싶다. 살다가 혹시라도 날 아껴 주는 남자가 나타난다면 오래 본 뒤 결혼해 아이 하나쯤, 그런 삶도 나쁘진 않을까. 남편은 어부가 좋겠네. 바다로 나가 물고기 한 마리에 조개 몇 개 건져 올 수 있는 어부. 그럼 맛있게 생선을 구워 하얀 쌀밥을 놓고 조갯국을 끓여 저녁상을 볼 수 있는, 그 정도의 삶이라면…… 그런 인생이라면 더 바랄 게 없겠다.

아, 저기 보인다. 진달래색 간판. ROSE. 장미라는 뜻이라지. 고향에서는 장미 같은 꽃, 잘 볼 수 없었는데 여기서는 매일 봤다. 향기 없는 꽃. 생화도 아닌 조화가 늘 계산대 옆에 꽂혀 있었으니까. 뽀얗게 먼지 쌓인 장미. 볼 때마다 후후 불어 털어 내도 금방 다시 쌓였다. 먼지가 무서운 놈이라는 건 그때 알았다.

조금 있으면 저 간판에 반짝반짝 불이 들어오겠지. 고향에서는 그런 예쁜 불빛을 볼 수 없으니 처음 봤을 때는 가슴이 뛸 정도로 아름답다고 생각했다. 하지만 이젠 아니야. 어쩌면 내가 아는 단골이 올지도 모르는데, 2층에 숨어 얼굴을 내밀지 않을 작정이다. 이런 일…… 이제 신물이 난다. 하기 싫어.

찾아오는 남자들은 다 삶에 찌들어 있고, 돈 벌어서 애들 키우기 힘들다며 징징대지 않으면 부인 흉을 봤다. 처음엔 주방 심부름만 했지만 그곳의 모든 소리가 내 귀에 들어왔다. 난 돈에 욕심 없다. 내 정신을 팔아 돈으로 맞바꿔야 할 만큼 절실한 소유욕이, 내게는 없다. 영혼 없이 사는 것보다야 물고기 한 마리에 만족하는 편이 낫지.

"너, 여름이 아니니?"

깜짝 놀라 돌아보니 배가 잔뜩 부른 여자가 두 손 가득 비닐 봉지를 늘어뜨리고서 내 옆으로 다가왔다. 두꺼운 옷을 입고 있었지만 만삭의 몸이란 걸 금세 알아챌 수 있었다.

"금향 언니?"

"여름이, 맞네!"

주근깨 가득한 금향 언니의 얼굴이 꽃처럼 활짝 피었다. 언니는 나와 같은 경로로 이 마을까지 흘러들었는데, 재작년인가 가게에 술을 대는 청년이랑 눈이 맞아 결혼했다. 법적으로 보호받기 어렵기는 마찬가지더라도 언니는 이 나라 사람과 가정을 꾸려 안정감을 느낀다고 했다.

"잡혀갔다더니 용케 살아 돌아왔구나."

"응, 언니는…… 축하해요."

나는 언니의 부른 배를 보며 말했다. 언니가 배시시 웃으며 대답했다.

"고마워."

나는 언니의 손에서 무거워 보이는 비닐봉지 하나를 받아 들었다. 크고 길쭉한 대파가 머리를 쑥 내밀고 멀뚱히 날 바라봤다.

"휴, 이제 좀 살겠다. 나 요즘 로즈 주방에서 일해."

언니의 장갑 검지 끝이 헤져 동그란 구멍이 난 게 눈에 들어왔다. 금향 언니도 고향이 너무 가난하니까 집에 돈 좀 보태겠다고 이쪽으로 넘어왔는데, 여기서도 사는 게 빠듯해 보인다. 산다는 건 어딜 가나 참 쉽지 않다.

"저쪽 분위기 좀 어떻디?"

"똑같죠. 예나 지금이나."

"요즘은 도강도 쉽지 않다며."

"무작정 건너는 건 어렵죠. 총살당하는 사람도 더러 있고."

"에구머니. 언제까지 눈 가리고 아웅 할지 몰라. 그러다 백성들 다 죽지."

"그래도 잘사는 사람들은 떵떵거리고 잘살잖아요. 예전보다 부자는 더 많고."

"어딜 가나 그래. 이 나라 부자들도 와디디해°. 변기를 금으

83

로 만든 사람들도 수두룩하단다. 밥 한 끼 못 먹고 쓰러지는
이도 많은데. 세상 참 불공평하지."

그러게요, 세상 참…… 불공평하죠. 그 말은 속으로 삼켰다.
하나 마나 한 말. 세상은 지금까지 단 한 번도 모든 인간에게
공평했던 적 없고, 앞으로도 그럴 일은 없을 거다. 가진 사람은
가질수록 더 높은 벽을 쌓고, 하늘 끝까지 벽이 쌓이면 사람들
은 서로 오도 가도 못하겠지.

"마담은 잘 지내요?"

"그렇지 뭐. 요즘은 손님도 많이 줄었어. 참, 마담 수술한 거,
넌 모르겠구나."

"수술요?"

"술 담배에 절어 사니 그만한 게 다행이지."

"……."

불현듯 나쁜 생각이 머리를 스치고 지나갔다. 설마 내
돈…… 잘 있겠지? 혹시 마담, 급하다고 내 돈 건드린 건 아니
겠지. 사람이 아프다는데 돈 생각이 먼저 나다니. 아아, 나도
이렇게 괴물이 되어 가나.

"추운데 어서 들어가자."

금향 언니가 로즈의 녹색 문을 열고 들어가며 말했지만, 나
는 잠시 문밖에 서 있었다. 군데군데 페인트칠이 벗겨진 허름

○ 굉장해

84

한 회색 벽에 녹색 문. 어릴 땐 이 문이 무척 커 보였는데 지금 보니 뜨거운 물에 빨아 쪼그라든 스웨터처럼 아주 작다. 어딘지 모르게 쓸쓸하고 애처로운 분위기. 이곳을 잠시나마 터전으로 삼는 여자들, 이곳에서 마음의 휴식을 찾는 인간들. 문득 그들이 가엾다. 내가 누굴 가여워할 입장은 아닌데. 세상 어디에도 마음 붙일 곳을 찾지 못하고, 저 작고 초라한 녹색 문을 밀고 들어오는 사람들이 쓸쓸하다.

함께 도강한 언니를 따라 여기까지 왔었지. 그때는 잡혀갈까 두려워 하루 종일 로즈 안에서만 살았다. 눈을 감으면 화장실, 부엌 가시대°, 2층 숙소와 옷장, 창문 모기장에 뚫린 담뱃불 자국까지도 기억난다. 가갸시절°엔 죽도록 설거지만 했는데, 그때 습진에 걸려 손등이 빨갛게 부어오른 일, 상한 만두를 먹고 배탈이 나서 바닥을 뒹굴면서도 병원에 못 가 며칠을 끙끙 앓으며 울기만 하던 일, 공안이 들이닥쳐 2층 창문으로 뛰어내리다가 다리가 부러진 일, 모두 어제처럼 생생하다.

그때 지지직대는 소리가 나며 간판 주위에 다닥다닥 붙은 전구 알에 일제히 불이 들어왔다. 간판이 타오를 듯 환한 진달래 빛이 되더니 녹색 문이 열리면서 마담이 모습을 드러냈다.

"살아 있었구나……."

마담의 얼굴은 몹시 지쳐 보였다. 반년 사이 주름도 훨씬 늘

○　싱크대
○　초보 때

85

었다. 짙은 화장으로도 감출 수 없는 나이의 골이 로즈의 분홍
빛을 받아 기묘한 분위기를 자아냈다. 마담이 천천히 다가와
나를 안았다. 나도 두 손으로 마담의 몸을 안는데…… 깜짝 놀
랐다. 이 사람, 이렇게 말랐던가. 긴 나무 막대라도 껴안는 듯
폭신한 탄력이라고는 요만큼도 느껴지지 않는 몸이었다.

"마담, 왜 이렇게 말랐어요."

"너야말로 많이 먹어야겠다. 예쁜 몸이 뼈밖에 안 남았네."

순간 멈칫했다. 예쁜 몸? 이 사람은 날 돈벌이로만 생각하나.

"어서 뭐라도 먹자. 따뜻하게 닭고기 넣고 국물 좀 우려서
쌀밥이랑. 어서, 어서."

고기에 쌀밥……. 군침이 넘어갔다. 잡혀간 이후 고기며 쌀
밥은 입에 대 본 적도 없다. 갑자기 배 속의 모든 세포가 일제
히 뭘 좀 넣어 달라고 아우성치기 시작했다. 어떻게든 되겠지.
그런 생각으로, 나는 마담의 손에 이끌려 빨려들 듯 녹색 문
안으로 들어갔다.

❆ 4

산다는 것은 외로운 일이다. 결국은 혼자서 가야 하는 길. 누구도 대신 죽어 줄 수 없듯이 누구도 대신 저 강을 건너 줄 수 없다. 친구들은 이 땅에 남을 것이고, 나는 새로운 땅으로 떠나야 한다. 외롭고, 무섭지만, 그래야 한다. 내가 선택한 길이니까.

으샤.

구령을 붙이며 일어서니 새끼 돼지가 따라온다. 나는 맨손 체조를 잠깐 한 뒤 구석 물 항아리에서 바가지를 꺼내 돼지의 물통에 깨끗한 물을 부어 주었다. 녀석이 뒤뚱뒤뚱 달려가 찹찹찹 물을 마신다. 바가지 물로 세수도 했다. 곱슬머리에 물기를 묻혀 차분히 매만졌다. 눈곱도 떼고 손 양치도 하도 목덜미도 씻어 본다. 오늘은 특별한 날. 고향에 나를 남길 마지막 날. 꼼꼼하게 단장을 하자.

맨 먼저 살금살금 돼지굴을 찾은 아빠는 한동안 날 부둥켜
안고 울기만 했다. 내 등을 토닥토닥 두드리며 아이고, 우리 설
이, 아이고, 우리 설이, 소복소복 눈 쌓이는 소리처럼 들릴 듯
말 듯 반복하는 아빠 목소리에, 온몸의 뼈가 녹아내리는 것만
같았다.

처음 집을 떠난 건 열세 살의 겨울. 그때는 하루하루 살아남
는 것이 나의 과제였다. 버틸 때까지 버텨 보자, 오직 그 생각
으로 살았다. 아빠는 교원°이었지만 형제들이 몰래 남조선으
로 가 버리는 바람에 학교에서 쫓겨났다. 살던 집에서도 퇴출
당해 낯선 산골짝에서 겨우 농사를 짓기 시작한 게 내가 일곱
살 때인가. 하루는 도둑이 들어 깔끔하게 비어 버린 쌀독을 보
곤 온 가족이 주저앉아 울기도 했다. 어쩌다 밥을 지으면 가마
에 눌어붙은 가마치°마저 인조고기 씹듯 씹고 또 씹었다. 다섯
살 터울 언니와 한 살 터울 오빠, 우리 삼 남매는 늘 배가 고팠
다. 흙을 파서 아무 뿌리나 씹어 먹기도 했다. 지독한 가난. 우
리 다섯 식구 등 뒤로 무시무시한 그 이름표가 먹구름처럼 몰
려들었다.

건너 건너 아는 애들이 물고 온 강 건너 이야기에서는 아스

○ 교사
○ 누룽지

라한 희망의 냄새가 났다. 널찍하고 둥그런 탁자에 상다리가 부러지도록 차려진 맛난 고기를 먹고 왔다는 아이도 있고, 밤까지 불빛을 환하게 밝힌 거리를 자동차 타고 달려 보았다는 아이도 있고, 학교보다 열 배는 더 큰 건물 안에 진열된 옷과 신발과 보석을 하나씩 다 착용해 보았다는 아이도 있었다.

그런 소문을 좇다가 결국은 이런 돼지굴로 떨어져 내렸네. 내가 원한 건 이런 게 아닌데. 물론 내 인생, 아직 끝난 건 아니지만, 매번 이렇게 실패하니 나도 지친다. 대체 언제쯤이면 이 굴레에서 벗어날 수 있을까? 벗어날 가능성이 있기는 할까?

내 인생의 결말이 나도 궁금하다. 벌써 오래전에 끝났어야 하는데 억지로 질질 끌고 있는 것 같기도 하고, 혹시라도 일이 잘 풀려 앞으로 멋진 인생이 펼쳐질지 모른다는 기대감이 들지 않는 것도 아니고.

이웃 나라 이곳저곳을 휘젓고 다녀 봤지만, 이상하게 늘 가슴이 텅 빈 기분이었다. 날 붙들고 엉엉 우는 아빠를 보니 그 이유를 알 것도 같다. 아무리 맛있는 걸 먹고 아무리 예쁜 옷을 입어도 내 맘이 가뭄에 쩍쩍 갈라진 논바닥 같던 이유, 그렇게 말라비틀어진 이유, 그건 세상에 단 하나뿐인 가족이 없어서였구나.

아빠는 딸 바보였다. 세상에는 하루 종일 말 한마디 없는 아빠도 있고, 힘 잘 쓰는 아들이 우선인 아빠도 많다. 하긴 골골

대는 오빠보다야 내가 싸움도 잘하고 물건도 번쩍번쩍 잘 들지만, 어쨌든 아빠는 막내딸을 살뜰히 챙겼다. 겨울이면 설아, 눈이 온다, 우리 설이가 온다, 하며 어린아이처럼 좋아했다. 우리 동네에는 10월부터 눈발이 날렸는데, 나는 함박눈이 펑펑 내려 대문이 안 열릴 정도로 눈이 잔뜩 쌓였던 어느 깊은 겨울 밤 태어났다고 한다. 아빠는 무릎까지 푹푹 잠기는 눈밭에서 초조하게 내 울음소리를 기다렸고, 그때 하늘에서 내리는 눈송이가 선물처럼 아름다웠다고 한다.

나는 그 이야기를 들을 때마다 눈밭에서 바들바들 떨었을 가여운 아빠를 생각했다. 소심하고 마음 여린 아빠, 마르고 긴 손가락으로 기타를 치던 아빠, 밭에 앉아 배추와 고추와 오이를 심고는 무럭무럭 잘 커라, 맛있게 잘 자라라, 주문을 외던 아빠. 난 그런 아빠가 참 좋았다. 그리고 그 수많은 아빠의 모습 중에서도 함박눈을 바라보며 내가 무사히 태어나길 빌었을 그날 밤의 아빠를 생각하면, 목이 멜 정도로 가슴이 뭉클해진다.

"안에서 옹애 하고 게시니° 목청처럼 앙칼진 목소리가 귀청을 때리는데 아, 이놈은 뭐가 되어도 되겠구나 싶었다. 어찌나 신이 나던지 펄펄 내리는 눈하고 같이 덩실덩실 춤을 췄지."

바보. 자기를 이렇게 슬프게 하고 괴롭게 할 내가 태어났는데 뭐가 좋다고 춤까지 췄을까. 불행이다. 내가 태어난 건, 아

○ 거위

90

빠에게 불행이야. 돌이켜 보면 나는 늘 아빠를 배신해 왔다.

언젠가 우리 집 오이 넝쿨에 작은 오이가 열렸을 때도 그랬다. 초여름, 내 키 높이만 한 오이 줄기에 노란 꽃이 피는가 싶더니 손바닥만 한 첫 오이가 열렸다.

"오! 얘들아, 이리 와 보라. 오이가 열렸다. 올해 첫 오이가 열렸어!"

우리 삼 남매는 그해 첫 오이를 보러 마당으로 나갔는데, 정작 제일 신이 난 사람은 아빠였다. 아빠는 그 작은 오이가 자기 자식이나 되는 듯이 가만가만 쓰다듬으며, 너는 하룻밤만 더 자고 내일 맛있는 오이냉국이 되어라, 오이냉국이 되어라, 하고 언제나처럼 주문을 외듯 중얼거렸다. 하지만 옆에서 멀뚱히 지켜보던 나는 문득 좋은 생각이 떠올랐다. 아바이, 이 녀석에게는 오이냉국보다 더 나은 운명이 기다리고 있습니다.

밤이 깊어 온 가족이 잠든 것을 확인한 뒤 조용히 문을 열고 마당을 지나 담벼락으로 나갔다. 그날따라 구름 한 점 없이 맑게 갠 밤하늘에는 두둥실 보름달이 떴다. 오이 넝쿨로 다가서니 아빠의 사랑을 듬뿍 받아 오후 나절 동안 훌쩍 더 자란 오이가 얌전히 달빛을 머금고 있었다. 온종일 산으로 들로 쏘다니느라 벌겋게 일어나기 일쑤인 피부를 진정시키는 데는 오이만 한 것이 없었다. 나는 악당처럼 교활하게 눈을 반짝거리며 아빠가 애지중지하는 달빛 오이를 뚝 따 미리 준비해 온 칼로 껍질을 깠다. 어린 오이는 껍질도 부드러워 삶은 닭알을 도려

내는 것처럼 수월했다. 그런 다음 담벼락에 등을 기대고 볼 위에다 하나, 둘, 동그랗게 썬 오이를 올렸다. 눈만 빼고 얼굴 가득 오이를 얹은 채 밤하늘을 올려다보며, 얼굴이 하얘지게 해 달라고 별과 달에 빌었다.

아바이, 미안. 나 좀 예뻐질게. 오이냉국은 다음에 먹자. 그 날 밤 얼굴에 촉촉하고 시원한 윤기를 느끼며, 흐뭇하게 담벼락에 기대어 있던 기억이 어제처럼 생생하다. 다음 날 아침, 콧노래를 부르며 오이를 따러 간 아빠가 하늘이 무너진 것 같은 표정으로 소리쳤다.

"이런, 밤새 오이가 사라졌어! 귀신이 먹었나, 도깨비가 훔쳐 갔나!"

그때 그 오이, 그냥 냉국을 해 먹을걸. 그럼, 우리 다섯 식구 맛있게 먹었을 텐데. 난 그렇게 능청스럽게 아빠를 속이고 배신하는 아이야. 나 하나를 위해 오이 아니, 아빠의 간절한 마음을 짓밟았지. 나 같은 건 여길 떠나는 게 부모님을 위하는 길인지도 모른다. 흥, 무슨 낯짝으로 이런 생각을 하지? 지금껏 내가 원하는 대로, 내 생각만 하며 살아왔으면서. 그냥 솔직하게 인정하자. 나는 그저 이 촌구석을 벗어나고 싶었던 거잖아. 강 건너 화려한 불빛에 이끌렸던 거잖아. 그게 전부 아니었어? 그러니까 아바이, 제발 울지 마. 나 때문에 울 만큼 난 그렇게 착한 아이가 아니야. 그런데도 아빠는 내 속을 아는지 모르는지,

"가지 마라. 여기서 나하고 살자. 감옥 가더라도 여기 살면 얼굴이라도 볼 수 있지. 자수하자, 자수하자."

같은 말을 하고 또 하고, 그 집요함에 나는 하마터면 고개를 끄덕일 뻔했다.

〜〜〜〜

문득 밖에서 들리는 아기 울음소리. 누구지? 빈대 집엔 아기가 없는데……. 끽, 돼지굴이 열리고 뒤이어,

"설아."

이 낮고 조심스러운 목소리는!

"언니!"

"쉿!"

언니는 손가락을 입에 갖다 댔다. 큰 쟁반을 들고 허리를 구부린 언니 등에 아기가 업혀 있었다. 나는 너무 반가워 폴짝폴짝 뛰며 아기에게 다가갔다. 세상에, 이 아기가 내 조카라니! 처음 만나는 조카가 신기하다. 어둠 속에서 조심조심 아기 머리를 더듬으니 보슬보슬한 머리칼이 따스했다. 쌔근쌔근하는 숨소리는 또 어찌나 귀여운지.

"일단 밥부터 먹으라. 어머니가 싸 주셨다."

언니가 들고 온 쟁반 보자기를 들춰 보니 쌀밥에 국, 김치, 구운 생선까지 있었다.

"설도 다가오고 해서리 큰맘 먹고 장마당 가서 조기 몇 마리 사 왔다. 날래 먹으라. 물은 이따 혁이가 가져오기로 했다."

"에구, 나 하나 때문에 여러 사람이 고생이네."

예전엔 구경도 못 했던 쌀밥에 생선 찔게°까지. 내가 이런 걸 먹을 자격이 있을까 싶어 수저를 들기가 꺼려졌다. 하지만 옆에 있던 아빠도 어서 들라며 내 등을 떠밀었다. 새끼 돼지가 냄새를 맡고 쟁반으로 다가와 납작한 코를 들이밀며 쿵쿵거렸다.

"네가 안 먹으면 이 녀석이 다 먹겠다."

언니가 쟁반으로 다가오는 새끼 돼지를 한 손으로 밀어냈다.

"어머니 된장지지개°는 여전히 맛나지?"

내가 숟가락으로 몇 번이고 떠먹는 걸 본 언니가 말했다.

"응. 최고다."

"나는 아무리 해도 그 맛이 안 난다. 어머니한테 배운 대로 똑같이 해도 맛이 달라."

언니, 경험의 맛은 배운다고 배울 수가 없는 거야.

"장담하는데, 언니가 10년쯤 더 끓이면 엄마하고 똑같은 맛이 날걸?"

나는 쌀밥을 볼이 미어지게 입에 넣었다. 지지개도 지지개지만, 오랜만에 먹는 조기는 정말 꿀맛이다.

○ 반찬
○ 된장찌개

"잘 먹으니까 보기 좋다. 이제야 어릴 때 우리 설이 같구나. 배껏° 먹어라."

나는 입술에 붙은 마지막 밥풀 한 톨까지 맛있게 핥으며 언니가 가져온 그릇을 다 비웠다. 문득 돌아보니 돼지가 주저앉아 내가 먹는 모습을 조용히 지켜보고 있다. 조기 꼬리를 새끼 돼지의 주둥이에 가져가니 입안에 쏙 집어넣고 맛나게 씹는다.

"옥별이 한번 안아 볼래?"

항아리 물로 입을 헹구고 손을 씻은 뒤 옥별이 곁에 다가앉는 내게 언니가 말했다.

"이름이 옥별이구나."

언니는 내 품에 옥별이를 넘겨주고 빈 그릇을 치웠다. 이 작은 아기가 두 발로 걷는 사람이 된다는 게 신기하기만 하다. 나도 이렇게 작았을까. 옥별이는 품에서 이리저리 움직이는가 싶더니 이내 나의 가슴에 머리를 기댔다.

"천사 같다……."

"옥별이도 이모가 좋은가 보네."

"머리칼이 보르르해°."

나는 옥별이의 솜털 같은 머리칼을 어루만졌다.

"옥별아, 옥별아, 무럭무럭 잘 자라서 나중에 이모랑……."

뒷말은 목구멍 뒤로 꿀꺽, 삼키는데 속이 얹힌 양 답답하다.

○ 양껏
○ 보드라워

95

우리에게 나중이 있을까? 우리가 다시 만나려면 둘 중 하나는 강을 건너야 할 텐데, 그때도 지금처럼 강을 건너는 게 무서운 죄가 되는 세상이라면……. 하지만 옥별이도 분명 나처럼 강 건너 세상이 궁금해 미칠 것 같을 때가 오겠지. 이곳이 작아진 옷처럼 답답해 죽을 지경일 때가 올 테지. 그때 옥별이는 어떤 선택을 할까. 나처럼 천방지축으로 강을 건널까? 아니면 언니처럼 인내심 많은 어른으로 자라 아이를 낳고 살까. 옥별이가 어른이 되면, 지금보다 자유로운 세상이면 좋겠다. 강이든 산이든 건너고 싶을 때 건널 수 있는, 그런 세상이면 좋겠다.

<center>~~~~</center>

다른 식구들도 너구리처럼 살금살금 계단을 내려왔다. 혁이 오빠, 옥별이 아빠, 마지막으로 엄마까지. 좁고 어두운 돼지굴 벽을 따라 더듬더듬, 그리운 사람들이 날 찾아왔다. 물을 들고 내려온 오빠는 나를 보자마자 이놈의 가시나, 안 죽었네, 하며 애써 매만진 내 머리칼을 마구 헝클었고, 사진기를 목에 걸고 온 아저씨°는 오랜만이야, 고생 많았지, 하고 따뜻한 말을 건넸으며, 한참 후에야 보따리를 들고 날듯이 걸음을 재촉해 계단을 내려온 엄마는 하필이면 미옥이네가 지나가지 뭐니, 우

○ 형부

야° 모른 척 수다를 떨다 늦었네, 했다. 식구들이 어깨를 붙이고 쪼그려 앉자 돼지굴 안이 금세 후끈해졌다.

"와, 이런 데서 사진이 나오겠나?"

매사에 트적질하는° 오빠, 또 찬물을 붓기 시작한다.

"그나저나 철진이 새끼는 청소를 하니 안 하니. 돼지굴이 아주 게잘싸하구나°. 똥 냄새가 지독하네……. 공기갈이° 좀 해야겠는데."

그러면서 손부채질 했다. 쳇, 오빠는 자라면서 칭찬 한번 해준 적 없고, 고맙다느니 미안하다느니 그런 인사도 할 줄 몰랐다. 맛있는 걸 먹어도 흥, 누가 선물을 줘도 흥, 환하게 웃는 얼굴을 본 적이 없을 정도로 시큼털털한 사람이었다. 오빠가 세상을 무슨 재미로 사는지 궁금해서 언젠가 진지하게 물어봤더니 오빠는 기가 찬다는 표정으로 이렇게 대꾸했다. 세상을 재미로 사는 사람이 어디 있냐? 이 바보야.

"오빠 똥 냄새가 더 지독하거든?"

오빠 말에 속이 요글요글해° 내가 먼저 공격했다.

"네가 언제 내 똥 냄새 맡아 봤냐?"

"방귀 냄새는 맡아 봤지."

○ 일부러
○ 트집을 잡는
○ 지저분하구나
○ 환기
○ 부아가 치밀어

"쳇, 세상천지에 내 방귀만큼 깨끗한 방귀 있으면 나와 보라 해라."

"엄마야, 거짓말도 정도껏 해라. 내가 이불 속에서 오빠 방귀 때문에 코가 없어질 뻔했는데."

"이리 와서 오라비 코딱지나 먹고 가라."

"죽고 싶지 않으면 그거 치워라."

오빠는 손가락으로 코를 쑤시며 내게 달려들었고 나는 엄마 뒤로 냉큼 숨었다.

"설이, 혁이! 느이들은 진짜, 오늘 같은 날까지 싸우고 싶니?"

늘 그렇듯 참다못한 언니가 중재에 나섰다. 그러고 보니 어릴 때도 셋이서 꼭 이러고 놀았다. 오빠랑 내가 머리끄덩이 잡고 티격태격하면 언니가 우릴 한 대씩 쥐어박으며 눈을 흘기고, 그럼 씩씩거리다가도 또 금방 셋이 새로운 놀이를 생각해 내고. 영원히 지속될 줄 알았던 삼 남매의 하루가 이젠 정말 마지막이네.

"이거 받으라."

그때 언니가 내 손에 무언가를 쥐여 주었다. 조그만 손전화였다.

"이 비싼 걸……."

"좋은 건 아니야. 브로커 만날 때 쓰라고 옥별 아빠가 구해 왔어. 지금은 전파 단속에 걸릴 수 있으니 전원 꺼 놨는데, 나중에 켜서 1번 꾹 누르면 브로커한테 연락이 갈 거야. 믿을 만한 사람이라니까 너무 걱정하지 마."

"언니…… 고마워."

"혁이 너도 동생한테 줄 거 있지 않니?"

"어?"

오빠는 당황한 기색이 역력하다.

"어서 줘. 설이한테 더 필요할 거야."

언니가 보채자 오빠는 마지못해 호주머니에 손을 넣고 우물쭈물 뭔가를 건넸다.

"이건 오빠가 목숨처럼 아끼는 거잖아."

빨간 바지를 입은 생쥐가 야광 시계판 위를 달려가는 손목시계였다. 할아버지가 살아 계실 때, 일본에 사는 친구분이 보낸 소포 안에 여러 물건과 함께 섞여 있었는데, 할아버지가 이걸 오빠한테 주는 바람에 언니와 내가 무척 샘을 냈었다. 하지만 시계 안에 박힌 외국 글자와 그림 때문에 잘못하면 학교에서 뺏길 수 있어서, 오빠는 그걸 서랍 속에 고이고이 모셔 두고 집에서만 찼다. 나는 그 손목시계가 오빠의 보물 1호라는 걸 잘 알고 있었다.

"오빠 보물인데, 그냥 오빠 해."

"그래? 없어도 되겠어?"

오빠는 크게 안도하는 듯 보였지만, 옆에 있던 엄마가 오빠의 어깨를 툭 치며 말했다.

"혁아, 없는 셈치고 그냥 동생 줘."

오빠는 미간을 찡그리며 한동안 깊이 고민하더니, 큰 결단을 내린 듯 심호흡했다.

"어차피 여기선 잘 못 차. 내 몫까지 네가 실컷 차라."

그러면서 내 손목을 덥석 잡아 손목시계를 채워 줬다. 시계 안 어둠 속에서 생쥐가 야광 숫자들 사이를 헤매고 있었다.

"고마워. 오빠 생각하면서 소중히 찰게."

귀에 대 보니 째깍, 째깍, 떠날 시간이 다가오고 있다. 곧이어 엄마도 큰 보따리를 내밀었다.

"풀어 봐라. 곧 있으면 네 생일이잖니."

"뭐 이런 걸……."

엄마가 안겨 준 보따리를 푸는데, 내 살갗이라도 벗겨 내는 듯 맘이 쓰리고 아프다. 안에 든 것은…… 검은색 반외투! 그걸 본 순간 와락 눈물이 터졌다. 고맙다는 말도, 미안하다는 말도 할 수가 없었다. 감옥에서 아무리 맞아도 이렇게 아프지는 않았는데……. 나는 어금니를 꽉 깨물었다.

"우리 설이가 갖고 싶어 하던 빨간 외투로 사 주고 싶었는데, 도망치는데 눈에 잘 뜨일까 봐 검은 걸로 샀다. 애초에 사 줬더라면 이런 일도 없었을 텐데, 미안하다."

나는 너무 부끄러워 그냥 벌레가 되고 싶었다. 아니, 벌레도 과분해. 먼지, 쓰레기, 똥. 아니, 그것도 내겐 과분해.

"비쌌을 텐데 뭐 하러……."

"딸내미 하나 시집보낸다고 생각하면 되지. 더 좋은 걸 해 줘야 하는데, 이것밖에 못 해 줘서 미안하다."

자꾸 나한테 미안하단 말 하지 마, 엄마. 나 어떻게 살라고 자꾸 나한테 미안하다고 해요. 나는 그 자리를 박차고 일어나 벽에 머리라도 찧고 싶은 맘을 꾹꾹 눌러 참으며, 아랫입술을 꼭 깨물었다. 엄마가 외투를 내 어깨에 걸쳐 주며 당부했다.

"어디를 가든 여자는 몸을 따숩게 해야 하는 거야, 알았니?"

더는 버틸 수 없어 엄마 품으로 와락 쓰러져 울음을 터뜨렸다. 두 번째로 강을 건넌 건 다 이놈의 외투 때문이었다. 도강했다 잡혀 온 뒤 처음엔 집이 편하고 좋았지만 어떻게 된 일인지 한 주가 지나고 한 달이 지나자 다시 하루하루 사는 게 지루했다. 눈만 감으면 강 건너 화려한 가로등이 오락가락했다. 몸이 근질근질하던 내 맘에 불을 지핀 게 장마당에서 본 이 외투였다.

그때도 내 생일 무렵인데, 친구들과 장마당에 놀러 갔다가 빨간 외투를 보았다. 눈이 돌아서는 반짝반짝 빛나는 외투를 보는 나에게 은정이가 한 번만 입어 보라고 했다. 설이 너는 이런 색이 진짜 잘 어울린다. 한번 입어 봐. 입어 보니 딱 맞았다. 그리고 당연하게도 너무 비쌌다. 세상에 예쁜 것들은 죄다 비싸고, 그걸 눈앞에 두고 사지 못하면 마음이 초라해진다. 안 보면 안 봤지, 보고 나서 살 수 없으면 비참해진다는 게 장마당의 진리다.

우리 집 형편으론 턱없이 비싸다는 사실에 자존심이 상해 억지인 줄 알면서도 엄마를 조르기 시작했다. 내 생일이 다가오는데 지금껏 누구라도 나한테 제대로 생일 선물 한번 챙겨 준 적 있느냐. 다들 설날 준비에 이것저것 바쁘다고 매년 어영부영 지나가지 않았느냐. 나도 평생에 한번쯤은 괜찮은 생일 선물을 받고 싶다. 엄마는 직접 만들어 주겠다고 했지만, 나는 콧방귀를 뀌며 엄마가 만든 옷은 차르륵 흐르는 맛이 없다고, 그 옷 아니면 필요 없다고, 그러면서 밖으로 뛰쳐나갔다가 때마침 강가에서 순애 일행을 만났다. 그때 그 애들을 만나지 말았어야 했다. 하지만 만나 버렸고, 순애는 오늘 밤 강을 건널 거라는 계획을, 말해 주지 않아도 좋았을 텐데 굳이 내게 했다.

"너도 생각 있으면, 같이 가자."

엄마는 어린아이 다루듯 외투 소매에 내 왼팔을 끼우고 이어서 오른팔까지 끼워 주었다.

"아이, 딱 맞네. 이렇게 입혀 보내니까 그나마 마음이 놓인다."

모직 외투를 입으니 어미 곰 품에 안긴 듯 아늑하다.

"새처럼 훨훨 날아가서 하고 싶은 것 하며 자유롭게 살라. 그리고 이거."

그러면서 또 내게 무언가 주려는 엄마. 필요하다면 죽어서 가죽까지 물려주실 분이야. 엄마는 오른손 약지에서 가느다란 구리 반지를 빼내 오른손 검지에 끼워 주었다. 그건 마치, 엄마의 뼈를 깎아 만든 듯했다.

"혼자라는 생각이 들면, 이 반지를 보라. 언제 어느 때나 엄마가 네 곁에 있을 테니."

엄마가 반지를 끼워 준 내 검지가 파르르 떨려왔다. 그렇게 울지 않겠다고 다짐했는데, 흐르는 눈물은 틀어놓은 수도꼭지처럼 줄줄 멈출 줄 몰랐다.

"이제 사진 찍어야 하는데 울면 쓰니."

하지만 엄마도 반지 낀 내 손을 꼭 쥐며 눈시울을 붉혔다.

"자자, 이제 찍겠습니다.

옥별 아빠가 카메라를 들고 말했다.

"아버님 좀 웃으시고, 어머님 조금 더 안쪽으로. 예, 좋습니다. 설이는 눈물 닦고, 그렇지, 그렇지. 자, 찍습니다."

펑!

⚽ 4

얼마나 달렸을까. 도시가 점차 한적해지더니 좁고 지저분한 골목길이 나타났다. 하늘에는 밤보다 더 짙고 검은 전선들이 거미줄처럼 뒤엉켜 있다. 빗줄기는 조금 약해졌지만, 여전히 그칠 생각이 없어 보인다. 춥고, 배고프고, 지쳤다. 소니 형, 우리 여기까지인가. 나, 여기서 끝인가. 열차에서 만난 형이 준 축축한 야구 모자를 더욱 푹 눌러썼다. 자고 싶다. 그냥 아무 데나 엎어져서 끝없이 자고 싶어.

그때 어디선가 솔솔 풍겨 오는 맛있는 냄새에 잠이 달아났다. 작고 허름한 가게 앞에 만두를 찌는 찜통이 나와 있고, 거기서 몽글몽글 솟아나는 연기가 빗속에서 춤을 추며 나를 유혹했다. 아, 뭔가 먹어야 해. 이대로 빗속을 걷다간 정말 쓰러지고 말 거야. 여기서 쓰러지면, 아무도 날 돌봐 주지 않겠지. 이대로 길거리에서 죽고 말겠지. 오래전 내가 지나쳤던 그 할머니처럼. 주검의 형태로 길바닥에 누워 끊어질 듯 말 듯 실오라기 같은 숨을 들이마시던 그 할머니 모습 그대로, 나는 이 빗속에서 죽어 갈 것이다. 젖은 등골에 오싹한 한기가 들었다. 인생이란 이렇게 돌고 도는 것이구나. 한 치 앞도 못 보는 것이구나. 하지만 난, 아직 죽고 싶지 않다.

만두 냄새가 진동하는 식당 안을 들여다보았다. 빗물이 흘러내리는 유리창 너머로 내 또래쯤 되어 보이는 여자아이가 식탁 위 접시를 치우며 사람들이 먹고 나간 자리를 행주로 닦는 모습이 보였다. 창가 쪽 남자 손님 하나가 만두 접시를 앞에 두고 맥주를 마시고 있을 뿐 다른 손님은 없었다. 젖은 외투 주머니에 손을 넣으니 두툼한 엄마의 지갑이 만져졌다. 들어가자, 들어가서 만두를 먹자.

나는 가게 문을 밀고 안으로 들어갔다. 상을 닦던 여자아이가 나를 보더니 깜짝 놀란 표정을 지었다. 아마도 머리부터 발끝까지 쫄딱 젖어 있었기 때문이리라. 나는 물을 뚝뚝 흘리며 느릿느릿 빈자리로 걸어가 앉았다. 여자아이가 내게 수건을 가져다주었다.

고개만 까딱하고 수건을 받아 젖은 얼굴을 훔쳤다. 모자에서도 물이 떨어졌다. 하지만 벗지는 않았다. 잠시 후 여자아이가 커다란 공책 같은 걸 들고 왔다. 펼치니 흰 바탕에 검은 글자가 춤을 출 뿐, 그 사이에서 내가 먹고 싶은 음식을 가려내기란 운동장에서 눈 감고 축구공 찾기였다. 나는 알아볼 수 없는 글자가 가득한 공책을 접고 창가의 남자가 먹고 있는 만두 접시를 가리켰다. 그러고는 손가락 세 개를 펴 보였다. 만두 세 접시. 여자아이는 알아들었다는 듯 고개를 끄덕이며 주방으로 들어갔다.

잠시 후 하얀 자기로 된 찻주전자와 작고 동그란 찻잔이 내 앞에 놓였다. 찻주전자를 손으로 감싸니 뜨끈하다. 한동안 그렇게 몸을 녹이고는 졸졸 차를 따라 호호 불어 마셨다. 온몸이 송진처럼 축축 늘어졌다. 잠시 후 김이 모락모락 나는 만두 세 접시가 나왔다. 한 알이 내 주먹만 했다. 나는 바로 앞에 있는 만두부터 곧장 집어 들었다.

만두가 살아 있는 것처럼 숨을 쉬었다. 반으로 쪼개니 하얀 연기가 피어오르며 육즙이 주르르 흘렀다. 한입 베어 물었다. 아……. 세상에는 이렇게 맛있는 만두도 있구나. 죽기는 아직 이르다. 이렇게 맛있는 음식을 두고 죽을 수는 없다. 만두 한 알을 단숨에 먹어 치웠다. 뭐라 표현할 수 없는 만족감이 온몸으로 퍼져나가 이 만두를 빚은 사람에게 절이라도 하고 싶은 심정이었다. 온몸의 세포가 만세, 만세 외치는 소리를 들으며, 만두가 입으로 들어가는지 코로 들어가는지 모르게 먹었다. 구석에 놓인 의자에 앉은 여자아이가 신기하다는 듯 내가 만두 먹는 모습을 지켜보았다.

왕만두로 기분 좋게 배를 채우고 빗물이 맺힌 창문을 멍하니 바라보았다. 나와 같은 만두를 먹던 남자도 같은 곳을 바라보며 어둠을 안주 삼아 남은 맥주를 홀짝인다. 나는 이제 어디로 갈까. 어디로 가야 이 몸을 누일 수 있을까. 배가 부르니 내 방에 두고 온 침대가 너무 그립다. 이렇게 큰 도시니까 분명 어디 묵을 만한 곳이 있을 텐데, 글을 모르니 어느 건물이 숙소인지 분간이 가지 않았다. 골목의 가게들도 하나둘 불이 꺼지고, 길을 지나는 사람들의 발길도 점점 줄어들었다.

"아아, 어디로 가야 하나……."

나도 모르게 혼잣말을 내뱉었을 때, 창가의 남자가 나를 돌아보았다. 갑작스러운 타인의 시선이 두려웠다. 나를 알아봤나? 내가 쫓기는 신세라는 걸 눈치챘나? 신고라도 하면 끝장이다. 들장나기° 전에 서둘러 배낭을 들고 일어나 계산대로 향했다. 여자아이가 나를 따라왔다. 돈을 내밀자 그 아이가 나를 보며 발씬° 웃었다. 그 미소 한 번으로 차갑게 식었던 마음이 아주 조금 따뜻해진 것 같다. 허리 숙여 인사하고 식당 문을 나서려는데,

"어이!"

뒤에서 쩌렁쩌렁한 음성이 들렸다. 창가의 그 남자다. 문을 열고 도망칠까.

"북에서 왔나."

우리말을 할 줄 안다. 다리가 후들거렸다.

○ 들통나기
○ 방긋

"……아, 아닙니다."

나는 거짓말했다.

"아니긴."

남자는 고개를 돌리고 재떨이를 자기 쪽으로 끌어당기더니 담배를 한 대 피워 물었다. 여자아이가 흥미롭다는 듯 계산대 뒤에서 턱을 괴고 우리를 구경했다.

"이리 앉아 봐."

남자가 자기 맞은편 의자를 발로 툭툭 차며 말했다. 당황스럽다. 아버지가 보낸 사람인가. 만약 그렇다면 이 빗속을 도망쳐 나간다고 해도 금방 잡힐 것이다. 여기까지 어떻게 왔는데, 말짱 도루메기°가 되었나. 에라, 모르겠다. 될 대로 되라지. 나는 축축한 내 운동화가 물에 젖어 척척 대는 소리를 들으며 남자 앞 의자로 걸어가 앉았다.

남자가 여자아이에게 내가 알아들을 수 없는 말로 뭐라고 하자, 내 앞에 한 뼘 높이의 유리컵이 놓였다. 남자와 같은 것이었다. 남자는 내 컵에 맥주를 따랐다. 노란 액체가 하얀 거품을 뿜으며 콸콸 쏟아졌다.

"술 못 마십니다."

"그래도 한 잔 쭉 들이켜. 몸이 더워진다."

"아저씨도 북조선 사람입니까?"

○ 도루묵, 허사

"아까는 북에서 안 왔다며?"

아차차, 실수다.

"난 거기 사람 아니고 여기 사람이다. 하지만 이 나라에도 그 말을 하는 사람이 꽤 살지. 근데 강 건너 조마구°가 이 밤에 혼자 여기까지 무슨 일이지?"

또 덜컥 겁이 났다. 어디까지 말해야 하나. 이 사람을 믿어도 될까. 그러고 보니 걷어 올린 남자의 팔목에 문신이 가득하다. 나무껍질처럼 거친 용의 비늘이 남자의 살을 뚫고 투둑투둑 솟아날 것만 같았다. 뾰족한 발톱은 살짝 갖다만 대도 왕만두 피가 찢어질 만큼 날카로워 보였다.

"저…… 그게……."

나는 대답 대신 앞에 놓인 맥주를 벌컥벌컥 들이켰다. 몇 해 전 아버지가 승진했을 때, 선물로 들어온 대동강 맥주를 혀끝에 살짝 대어 본 이래 처음 마시는 맥주다. 미지근한 액체가 식도를 타고 위로 술술 흘러들었다.

"술 좀 하네. 잘됐다. 심심했는데 같이 맥주나 한잔하자. 그 모자 좀 벗고."

그러면서 남자는 또 여자아이에게 알 수 없는 말로 무언가 주문했다. 혀를 빙빙 굴리며 내는 신기한 소리다. 나도 입속으로 혀를 이리저리 굴려 보았다. 잠시 후 여자아이가 맥주병 하

○ 조무래기

나와 넓은 접시에 뜨거운 김이 모락모락 나는 빨간 요리를 들고 왔다. 숟가락과 젓가락도 새로 내 앞에 놓아 주었다.

"먹어 봐. 마파두부라는 거다. 맛이 죽여준다."

나는 빨간 기름을 두르고 있는 포슬포슬한 두부와 몰캉한 양념을 한 숟가락 떠서 입안으로 가져갔다. 맵다. 매운데, 맛있다. 매콤하고 고소한 기름이 다진 고기에 잘 스며들어 있었다. 용 문신 아저씨가 옆에 있던 병따개로 펑 소리가 나게 맥주를 따자 보글보글 거품이 일었다.

"자자, 사나이 대 사나이로 한 잔 쭉 들이켜자고."

아저씨는 자기 잔에 술을 따르더니 이어서 내 잔 가득 금빛 맥주를 따랐다. 어스름한 식당 안에서도 맥주는 찰랑찰랑 반짝였다. 아저씨가 내 앞으로 쭉 내미는 컵에 나도 내 컵을 가져다 댔다. 쨍하고 경쾌한 소리가 났다.

"간베이!"

에라, 모르겠다. 나는 모자를 벗고 눈을 딱 감은 채 두 번째 잔도 꿀꺽꿀꺽 들이켜 비웠다. 기분 좋은 훈훈함이 혈관을 타고 돌았다. 온몸이 따뜻해지고 자꾸만 얼굴이 풀리며 미소가 지어졌다.

"오우, 기백이 마음에 드는군. 자, 이제 어디 한번 네 이야기를 들어 보자."

❋ 4

"금향 언니, 여기 골뱅이무침에 사리 추가요."

나는 부엌이 보이는 창틀에 고개를 들이밀고 외쳤다.

"오케이!

금향 언니는 한 손을 등허리에 대고 한껏 부풀어 오른 배를 한 손으로 떠받치며 다른 한 손으로 쟁개비에 물을 붓고 있었다. 언니가 약간 걱정스럽긴 하지만 지금은 나 역시 몸이 세 개라도 부족한 형편이다. 손님 세 팀을 상대하고 있으니까.

어떻게 알았는지 옛 단골들이 "여름이가 왔다고?" 하며 녹색 문을 밀고 들어왔다. 테이블마다 칸칸이 높은 벽이 있어서 최대 세 테이블을 돌면 한꺼번에 세 배의 팁을 받을 수가 있다. 첫 손님을 받고 술을, 그것도 제일 비싼 양주를 따게 한 다음 잠깐 화장실 좀, 하고 두 번째 손님을 받는다. 그 손님들에게도 비슷한 방식으로 세 번째 손님까지 받고 돌다 보면 정신이 하나도 없는데, 그렇게라도 하지 않으면 하룻밤 내내 일해도 벌이가 시원찮다.

나는 다른 사람 이야기를 들어주는 데 소질이 있었다. 말은 물과 같아서 폭포수처럼 마구 쏟아지기도 하고 실개울처럼 졸졸 흐르기도 하는데, 그런 물결에 몸을 띄우고 넘실넘실 이야기의 리듬을 타다 보면 하찮은 이야기도 재미있게 들을 수가 있었다. 분위기가 무르익으면 우중충한 로즈의 시간이 한여름 밤처럼 활기를 띠었다.

그리고 또 한 가지 나만의 비책은, 그 사람들 앞에 앉을 때마다 내 안 깊숙이 자리한 어린아이를 끄집어내는 것이었다. 벽장 속에서 우주를 상상하던 그 시절 그 아이가 되어, 처음 보는 사람을 처음 발견한 별이라고 생각하며 이야기를 들었다. 그러면 자연스럽게 눈을 동그랗게 뜨고 고개를 끄덕이며 경청할 수 있게 된다. 이런 기술들이 나도 모르게 몸에 배니, 손님들은 더욱 신이 나서 오만가지 이야기를 쏟아 내곤 했다. 그들이 따라 준 술은 바닥에 놓인 대접에 슬쩍슬쩍 따라 버렸지만, 그들이 쥐여 준 돈은 차곡차곡 지갑 속에 넣었다. 여기를 떠나기 위해선 돈을 모아야 한다. 나의 불안은 적중하여 마담은 내 통장에 있던 돈을 모두 자기 수술비로 썼다고 고백했다.

"네가 이렇게 빨리 올 줄 몰랐지. 차차 모아서 채워 주려고 했거든……."

마담의 말이 진짜인지 어쩐지 나로서는 알 길이 없다. 하지만 아직 몸도 성하지 않은 사람에게 야박한 소리를 할 수는 없지 않은가.

"네 돈 모을 동안만이라도 여기서 일을 도와주면 좋겠는데, 네 생각은 어때?"

아무리 목숨을 걸고 도망쳐도 결국은 다람쥐 쳇바퀴 돌 듯 같은 자리. 내키지 않지만, 그렇다고 달리 갈 곳도 없다.

"얼마나 걸릴 것 같아요? 제 돈 갚는데……."

"글쎄, 석 달? 아니면 넉 달? 네가 열심히 일을 해 주면 갚는 시간이 빨라지겠지."

딱 석 달이다. 그다음은 손 털고 이 나라 국경을 넘자. 그렇게 다짐해 보지만, 석 달이 넉 달 되고 넉 달이 1년, 3년, 10년, 그렇게 세월은 흘러가 버리는 게 아닐까. 고양이 아저씨, 이번 생에 바다로 가긴 글러 버린 걸까요.

"꺅."

부엌에서 우당탕하는 굉음과 함께 비명 소리가 났다. 나는 벌떡 일어나 가시대로 달려갔다. 금향 언니가 보이지 않는다. 가스레인지 앞에 쓰러진 언니 옆에 그릇과 면발들이 아무렇게나 흩어져 있었다.

"언니!"

내가 언니를 부르며 곁으로 가자 마담도 달려왔다.

"왜 그래, 무슨 일이야?"

다른 여자들도 몇 명인가 웅성웅성 부엌으로 모여들었다.

잘 보니 언니의 다리 밑으로 피가 흘렀다.

"그러게 저 배를 해서는 왜 부엌일을 해. 집에 가서 쉬지."

"집에 가면 어디 남편이 쉬게 해 주니? 안 패면 다행이지."

뒤에서 그런 소리가 들려왔다.

"가서 택시나 불러욧!"

나는 고개를 홱 돌려 갈겨보며° 소리 질렀다.

"내가 불러올게, 내가!"

동갑내기 선미가 뒤에서 소리치며 달려 나갔다.

"언니, 정신 좀 차려 봐요."

금향 언니의 머리를 드는데 이마가 온통 땀투성이다. 언니는 신음하며 실눈을 떴다.

"배가…… 배가…… 아아."

"진통이네. 금향아, 정신 차려. 괜찮아, 이제 아기 만나러 가는 거야. 옳지, 옳지. 조금만 참자."

마담이 능숙하게 언니를 달래는데 선미가 부엌 뒷문을 열고 외쳤다.

"택시 왔어요!"

선미와 내가 금향 언니를 부축해 택시로 향하니, 지갑을 들고 뛰어나온 마담이 택시에 올라타며 우리에게 말했다.

"느이들은 평소대로 자리 잘 지켜. 금방 올 테니까."

○ 쏘아보며

멀리 새벽 동이 터 오면 여자들이 하나둘 올라와 저마다 잠자리를 깐다. 다들 벽에 머리를 대고 발바닥을 마주하며 눕는다. 꼼꼼하게 화장을 지우고 자는 여자도 있고, 술에 취해 쓰러져 자는 여자도 있다. 잠옷으로 갈아입고 자는 사람, 입던 옷을 그냥 입고 자는 사람, 속옷만 입고 자는 사람, 자는 모습도 가지가지인데, 한 가지 공통점이 있다면 다들 그날 번 돈을 확실히 단속한 뒤에 잔다는 점이다. 베개 속에 집어넣는 사람도 있고, 이부자리 밑에 끼워 놓는 사람도 있고, 아예 속옷 속에 구겨 넣고 자는 사람도 있다. 밤새 힘들게 번 돈이니 한 장이라도 소중히 하고 싶은 것이리라. 워낙 뜨내기들이 많아 남의 돈을 집어 가는 일도 종종 생긴다. 그런 일이 자주 발생하니까 마담이 통장을 하나씩 만들어 줬다. 하지만 난 이제 그 통장도 믿을 수가 없다. 당분간 내가 번 돈은 내 몸에 지니고 있기로 했다.

"금향 언니, 괜찮겠지?"

나는 창가 벽에 등을 대고 앉으며 선미에게 물었다. 선미는 마스크 팩을 가면처럼 붙이고 내 옆에 앉았다.

"괜찮을 거야. 곧 아기 안고 오겠지."

"아들이래, 딸이래?"

"딸일걸?"

"귀엽겠네……."

하지만 그 아기의 인생은 태어나기 전부터 순탄치가 않아 보인다. 언니 남편은 도박을 좋아했는데 손찌검까지 하는 모양이니. 선미는 팩을 붙인 뺨을 손으로 톡톡 두드렸다.

"난 애 안 낳을 거야. 내 인생 하나 건사하기도 힘든데 남의 인생까지, 어휴."

나는 창밖을 내다봤다. 벌써 쓸쓸한 연보랏빛 하늘이 밀려왔다. 사람은 왜 태어날까. 무엇을 하러 세상에 올까. 난 어떻게든 살아 보겠다고 이러고 있는데, 이게 다 무슨 의미가 있을까. 자유를 찾아 강을 건넜지만, 지금은 그게 뭔지도 모르겠다. 돈인가? 돈은 손에 잡힌다. 그래서 쉽다. 하지만 돈이 있으면 자유로울까? 그건 손에 잡히지 않는다. 어렵다.

"후……."

"땅 꺼지겠네. 이 아줌마야."

옆에 누운 여자가 긴 생머리를 베개 밖으로 늘어뜨리며 한소리 한다.

"한숨은 전염돼. 나까지 꿈자리 사나워지니까 한숨 쉬고 싶으면 나가서 쉬어라."

"어머, 언니. 왜 그리 매정하우? 죽다 살아온 애한테."

선미가 돌아눕는 긴 머리 여자에게 핀잔을 주었다.

"나는 매일 죽다 살아온 기분으로 산다. 사는 게 얼마나 좋니. 졸릴 때 자고, 배고플 때 밥 먹고, 산책하고 새소리 듣고 작은 거에 기뻐하며 그날그날 살면 되지. 저렇게 한숨 푹푹 쉬면

피부만 늙어."

"살다 보면 어디 그렇게 돼?"

"모든 게 다 마음먹기야. 내일 눈 떠서 살아 있으면, 아이고 하느님 부처님 천지신명님 감사합니다, 해라. 그 이상은 바라지도 마."

"참말로 태평하십니다."

선미는 입을 삐죽거렸지만, 그 말도 일리가 있다. 모든 건 다 마음먹기지. 그건 정말 맞는 말이다. 어쩌면 진리에 가장 가까운 말이 아닐까. 하지만 여기 로즈는, 더 이상 내가 있을 곳이 아니라는 생각이 든다. 녹색 문을 밀고 들어온 그날 이후로 나는 쭉 죽어 있는 기분이다. 이곳은 내게 무덤이다. 사람마다 자기가 살 수 있는 곳과 살 수 없는 곳이 있다.

"이제 불 끌게. 잘들 자요."

방 한가운데 여자가 일어나 천장 중앙에 걸린 형광등 아래 줄을 잡아당겼다. 여자들은 곧 어둠에 잠겼다. 여기저기서 코 고는 소리가 들린다. 나도 몸은 바닥 밑으로 꺼질 듯이 지치고 힘든데, 오히려 그래서 더 잠을 이룰 수 없었다.

"우리 잠깐 옥상에 다녀올까?"

내가 선미에게 속삭였다.

"그러자. 조금 춥긴 하지만 거기가 우리의 유일한 낙원 아니니."

우리는 두터운 겉옷을 하나씩 걸치고 누워 있는 여자들 몸을 타 넘었다. 계단을 올라 익숙한 철문을 열자, 눈앞에 탁 트인 보랏빛 하늘. 아까 그 긴 머리 언니 말대로, 살아 있다는 사실이 감사할 정도로 아름다운 새벽하늘이었다.

"아, 이제야 좀 맘이 뻥 뚫리네!"

선미가 두 손을 크게 휘저으며 소리쳤다. 나는 말없이 난간 끝으로 다가가 밖을 내다보았다. 세상은 잠들어 있었다. 문득 선미가 내게 어깨동무하며 말했다.

"여름이 너, 여기 떠나고 싶지?"

"……."

"네 얼굴에 다 쓰여 있다. 아무리 웃고 있어도 내 눈은 못 속이지."

"귀신이다."

"난 여기가 좋아. 오늘만 있으니까. 내일 걱정 따위 머리 아파. 오늘만 살아도 되는 여기가 나한텐 충분해. 더 좋은 곳이 있단 걸 믿지도 않고."

내가 돌아보자 선미는 하늘을 올려다보며 말을 이었다.

"그런데 여름아, 넌 아닌 것 같아. 너한텐 안 맞아. 널 볼 때마다 아슬아슬해. 앤, 여기가 죽을 만큼 싫구나. 너무 싫어서 죽을지도 모르겠구나. 그런 생각이 든다고. 만약 네가 정말로 그런 기분이 든다면, 여길 떠나. 안 그럼 병든다. 아주 깊은 마음의 병. 그러니까 참지 말고 떠날 수 있을 때 떠나. 맘 있으면 내가 도와줄 테니. 그 방면 전문가를 알아. 탈출 전문가를."

※ 5

　모래바람이 유리창을 때리는 소리에 눈떴다. 멀리 지평선 끝에 태양이 걸려 있다. 몇 시지? 그렇지, 내겐 오빠가 준 손목시계가 있다. 생쥐가 6시 부근을 열심히 달리고 있었다. 아침 6시인가, 저녁 6시인가? 여긴 북쪽인가, 남쪽인가? 이것도 저것도 분간이 가지 않는다. 분명한 건 태어나서 가장 먼 곳까지 왔다는 거다. 돌아가는 길을 찾을 수 없을 만큼.

〰〰〰

　돼지굴에서 가족과 헤어진 뒤로 무사히 문제의 강을 건넜다. 이웃 나라 강가에 새로 생긴 철조망을 보고 당황은 했지만 기어코 기어올라 넘기는 넘었는데, 누가 내 발목을 잡아끄는 바람에 놔라, 놔라, 달밤의 소동을 벌이다 그 손아귀에서 간신히 빠져나왔다. 뒤돌아보니 철조망 끝에 운동화가 대롱대롱 매달려 있었다. 그걸 꿰어 신고 달리는데 손에서 검은 피가 질척하게 흘렀다. 나는 바지에 피를 한 번 쓱 닦으며 가로등이 별처럼 반짝이는 도로까지 달려 나갔다.

여기가 브로커를 만나기로 약속한 도로인가. 주변에는 집도 없고 사람도 없고 황량한 들판뿐. 나는 배낭에서 언니가 준 손전화를 꺼내 전원을 켰다. 얼음을 쥔 듯 차가워서 불이 들어오려나 싶었지만, 다행히 금세 반짝반짝 불빛이 들어왔다. 언니가 1번을 누르라고 했지. 숫자를 누르려는데 멀리 자동차 불빛이 다가오는 게 보였다. 혹시 몰라 길섶에 몸을 숨기고 귀를 기울였다. 속이 바질바질 탔다. 차가 멈춰 서는 소리. 몰래 도로 쪽을 보니 한 남자가 주변을 두리번거리고 있었다.

"민옥 씨 동생, 어디 있소?"

남자가 소리쳤다. 나는 몸을 일으키며 서둘러 외쳤다.

"여기요, 저 여기 있어요! 제가 옥이 언니 동생이에요."

"어서 타시오. 갈 길이 머니까."

남자는 말이 없는 사람이었다. 긴 시간 묵묵히 운전만 했다. 나도 주절주절 내 얘길 꺼낼 마음은 없었다. 새로운 땅에서, 새로운 사람들과, 새로운 일을 하면서, 내 인생의 역사를 새롭게 써 보자. 그런 다짐을 하며 잠이 들었고, 꿈을 꾸었다.

처음 보는 가게에 사람들이 가득 차 있고, 먹을 것이며 입을 것이며 갖가지 반짝이는 것으로 눈이 부시고, 나는 분주하게 돌아다니다 문득 유리문을 열고 밖으로 나오니, 저 멀리 솟은 백두산에서 새빨간 불꽃 하나가 톡 튀어나왔다. 붉은 용암이 뱀의 혓바닥처럼 흘러내리기 시작한다. 너무 놀라 번쩍 눈을 떴다. 눈앞에는 지평선 너머로 이글거리는 태양이 있었다.

"지금…… 아침이에요, 저녁이에요?"

잠내가 풍기는° 말투로 운전자를 보며 물었다. 남자는 날 쳐다보지도 않고 자기 쪽 창문을 내리더니 입에 담배를 물었다. 모래가 우수수 들어와 후드득 소리를 내며 떨어졌지만 남자는 아랑곳하지 않고 담배에 불을 붙였다. 치밀어오르는 화를 가라앉히며 내가 말했다.

"저도 한 대 주세요."

아침이면 무엇하고 저녁이면 무엇하랴. 지금 내겐 시간도 날짜도 아무 의미가 없다. 서두르는 일이 있는 것도 아니고, 꼭 해야 할 일이 있는 것도 아니다. 가족을 버리고, 친구들을 버리고, 새 땅에 선 나는 지금 0과 같다. 0의 상태. 더할 것도 뺄 것도 없는 0의 지평선 위에서 내일을 향해 가고 있다. 그곳이 어디든, 감옥보다는 낫겠지. 남자는 말없이 한 손으로 담뱃갑을 툭 쳐서 한 개비가 나오도록 하여 내밀었다. 나는 그걸 뽑아 옆에 놓인 라이터로 불을 붙인 다음 크게 빨았다.

"캑. 캑. 캑."

○ 잠에서 덜 깬

연기를 잘못 들이마셨는지 목이 너무 따가웠고 기침이 끊이 질 않았다. 격렬하게 기침하자 남자는 내 손에서 담배를 빼앗아 불붙은 부분을 손끝으로 쳐 내고는 긴 꽁초를 자기 귀 뒤에 꽂았다.

"아직 안 배웠으면 영원히 배우지 마라. 악마한테 네 모가지를 넘기는 꼴이다."

"그럼 아저씨는 왜 피워요?"

"……모가지를 한번 넘겨주고 나면, 되찾아 오기가 힘들지."

새삼 남자의 퀭한 얼굴이 눈에 들어왔다. 운전을 오래 한 탓인가.

"저 해는…… 뜨는 중인가요, 지는 중인가요."

"지켜보면 알겠지."

이상한 사람이야. 원하는 말은 해 주지 않고 원하지 않는 참견만 한다. 얼마쯤 달리자 하늘이 타오를 것처럼 붉어지더니 사위가 조금씩 어두워지기 시작했다. 그러니까 지는 해였군. 밤이 오고 있다. 저 멀리 길 끝에 구름처럼 둥실둥실한 게 길을 막았다. 구름도 자려고 땅으로 내려왔나.

남자는 속력을 낮추었다. 가까이서 보니 양 떼다. 양 떼가 지나갈 때까지 차를 세우고 기다렸다. 남자는 문을 열고 내렸다. 나도 뱀처럼 생긴 줄을 풀고 밖으로 나갔다. 핏빛으로 노을 진 광활한 땅 너머에 웅장한 산맥이 보였다. 팔을 넓게 벌리고 해 질 녘 모래바람을 온몸으로 느꼈다. 그러다 내 앞으로 지나가는 하얀 양의 등에 손바닥을 쓱 대자 옥별이를 안았을 때처럼 포근한 체온이 느껴졌다. 신기해……. 이렇게 가까이서 양을 보는 건 처음이야.

그런데 양들이 있는 대자연, 아름답기는 한데…… 나는 왜 이런 시골에 있는 거지? 여긴 우리 고향보다 더 시골인데. 남자는 팔짱을 끼고 차에 몸을 기댄 채 나를 지켜보고 있다. 붉은 노을에 젖은 남자의 얼굴이 슬퍼 보이네. 내 착각일까?

"우리, 길 잃은 것 아니에요?"

나는 걱정스러운 마음에 물었다.

"희떠운° 소리 말고 타기나 하라."

거기서 한참을 더 달려, 차는 고원 한가운데 외롭게 서 있는 커다란 천막 앞에 섰다. 이제 어둠은 완전히 우리를 집어삼켰고, 천막 앞에는 작고 동그란 전구 하나가 달랑이고 있을 뿐이었다. 어리둥절한 채 남자를 뒤따라 들어간 곳에는 우리 말고도 몇몇 사람이 더 있었다. 한가운데 모닥불은 시뻘건 혀를 날름거렸고, 그 위에 쟁개비 하나가 걸려 있었다. 사람들이 그 주위에 모여 앉아 무언가를 먹고 있었다. 나는 쭈뼛쭈뼛 입구에 서서 코를 킁킁거렸다. 그제야 내가 오늘 하루 종일 아무것도 먹지 않았다는 것을 깨달았다.

고기 냄새가 코끝을 간질이니 슬슬 식욕이 돋았다. 남자는

○ 쓸데없는

123

모닥불 앞에 마련된 나무 기둥에 걸터앉았고, 나도 그 옆으로 가 엉덩이를 걸쳤다. 더러운 모포를 두른 꾀죄죄한 남자가 내게 김이 모락모락 나는 그릇과 숟가락을 건네주었다. 받아 들고 국물 속 고기를 한입 베어 물었다. 비릿한 냄새가 코를 자극했다. 나는 인상을 쓰긴 했지만 고기를 뱉을 순 없었다. 그걸 내게 떠 준 남자가 내 얼굴을 빤히 쳐다봤기 때문이다.

"무슨 고기예요?"

"양고기다."

나는 아까 본 하얀 양이 떠올랐다.

"비려서 못 먹겠어요."

"먹어 둬. 내일도 오늘만큼 가야 목적지에 닿을 테니까."

"우리 지금 어디로 가는 거예요? 가면 갈수록 점점 더 시골인 것 같은데……."

"걱정하지 마라. 네가 갈 곳으로 정확히 가고 있으니."

남자는 천천히 양고기를 떠먹었다. 더 물어도 답해 줄 것 같지 않았다. 나는 숨을 참고 비린 고깃국을 서둘러 먹고는 일어나 천막 밖으로 나왔다. 밝은 별이 쏟아지는 밤이었다. 거대한 별들이 내 허리까지 내려와 반짝이고 있었다. 거짓말이 아니라 정말, 손을 뻗으면 닿을 것만 같다. 나는 자동차 앞머리를 밟고 올라가 지붕 위에 섰다. 어둠이 내린 세상은 모두 내 발밑에 있었고, 나는 누구보다도 별과 가까이 있었지만, 여전히 나는 아무것도 아니었다. 그대로 자동차 지붕 위에 벌렁 드러누웠다. 총총한 별들이 얼굴로 쏟아졌다. 엄마의 반지를 만지 작거려 본다. 엄마, 날 지켜 주세요. 내 옆에 있어 주세요.

"한 대 줄까?"

언제 왔는지 자동차 옆에 남자가 담배를 물고 섰다.

"됐어요."

나는 두 팔을 머리 아래로 넣은 채 고개도 돌리지 않고 대답 했다.

"몇 살이나 됐나?"

내가 뭘 물을 땐 대꾸도 안 하던 사람이 갑자기 왜 저런담?

"알아서 뭐 하려고요."

"우리 딸은 이제 아홉 살이다."

……아홉 살, 그때 난 뭐 했더라? 돼지죽 쑤고, 돌배 서리하 고, 고슴도치 가시로 귀도 뚫고, 이불 덮어쓰고 한국 드라마 보 고……. 그땐 참 지긋지긋했는데 그립네, 나의 아홉 살.

"녀석도 너처럼 누워서 밤하늘 보는 걸 좋아하지."

"잘해 주세요. 곧 있으면 아저씨 품을 떠날 테니까."

"그런가."

"어디로 가는지 말 안 해 줄 거예요?"

"……착하게 굴면 밥은 굶지 않을 거다."

나는 벌떡 일어나 정색하고 말했다.

"내가 굶어 죽을까 봐 무서워서 집 떠난 줄 압니까?"

"아니냐?"

"나 참, 사람을 어떻게 보고."

"그럼, 어쩌다가 이렇게 험한 세상에 뛰어든 거냐."

"그건……."

나는 목소리가 작아졌다. 실은 나도 그 이유를 정확히는 모르겠다. 그냥 어쩌다, 뭔가에 이끌려, 여기까지 왔다. 애초에 이렇게 고생할 줄 알았으면 집 떠났을 리가 없잖아. 별을 바라보며 그 이유를 찬찬히 생각하다가 나도 모르게 입을 열었다.

"저 별처럼 자유롭게 살고 싶었으니까."

"꼬마야, 세상은 너 같은 생둥이°한테 그렇게 만만한 곳이 아니다."

"……자유롭고 싶은 게, 죄는 아니잖아요."

"죄는 아니지. 하지만 네 나이 때엔 아무도 믿으면 안 돼."

"그건 제일 못 믿을 사람이 하는 말 같은데."

"훗, 제법 똑똑하구나."

순간 등골이 서늘했다. 아까 내게 고깃국을 건네준 산적같이 생긴 남자가 밖으로 나왔다. 그 뒤로 누더기를 걸친 남자 여럿이 따라와 우리 쪽으로 다가왔다.

"뭐예요, 저 사람들?"

"이 동네는 여자가 부족해. 결혼할 여자가. 다들 도시로 떠났다더라."

○ 풋내기

"그래서요?"

"바지런하게 굴면 잘 살 거다. 양도 100마리나 있는 집이고."

"무슨 소리예요?!"

"여기서 결혼해서 살라고 널 데려온 거다. 저기 시댁 식구분들이다."

"미친!"

함정이다. 무시무시한 함정에 빠졌어. 이런 촌 동네에서 얼굴도 모르는 남자랑 살 수 있을 리가 없다. 나는 가슴이 쿵쾅쿵쾅 뛰었다. 별님, 달님! 엄마, 아빠! 나 좀 도와줘.

나는 냅다 차 지붕에서 뛰어내려 어둠 속을 향해 달리기 시작했다. 등 뒤로 자갈 튀는 소리가 팍팍 났다. 산적 둘이 달려와 양쪽에서 내 팔을 하나씩 잡았다.

"놔, 놔, 이거 놔! 야, 이 우라질 새끼들아, 이거 놓으라고!"

아무리 발버둥 쳐도 양쪽의 산적은 꿈쩍도 하지 않았다. 그둘은 그대로 나를 들어 올려 천막 앞으로 데려왔다.

"네 운명은 정해진 거다. 인정하고 얌전히 살아."

"제발요, 제발 이러지 마요. 아저씨도 딸이 있다면서요. 그 아이한테도 이러진 않을 거잖아요. 이럴 순 없는 거잖아요."

나는 공중에서 발을 대롱거리며 피타게° 애원해 보았지만,

○ 애타게

남자는 꽁초를 발로 비벼 끄더니 모기만 한 소리로 대꾸했다.

"그러게 왜 집을 나왔어."

눈에서 불이 났다. 자유롭게 새처럼 훨훨, 그렇게 살려고 강을 건넜단 말이야. 그런데 뭐? 양이 100마리? 굶어 죽진 않는다고? 시댁이 어쩌고 결혼이 어째?

"야, 이 더러운 개간나 새끼야. 네가 그러고도 사람 새끼니? 이리 와! 어디 가! 비겁하게 어딜 도망가! 이러고 얼마 받았니, 얼마 받았어! 이러고도 목구멍으로 밥이 처넘어가니? 야, 시동 꺼, 끄라고! 가지 마. 가지 마. 나도 데려가! 나도 데려가라고! 씹할, 전부 다 확 뒈져라. 확 뒈져서 다시는 내 눈에 띄지 마라. 어? 야! 야! 죽어, 죽어! 다 죽여 버릴 거야! 야!"

5

드르렁, 드르렁. 크억, 크어억. 끼익, 끽.

작은 방이 코골이 이갈이 소리로 가득해 잠을 이룰 수가 없다. 그야말로 관악 합주다. 지휘 없이 제멋대로 넘나드는 잠의 연주를 들으며, 나는 깍짓손으로 뒤통수를 괴고 누워 옅은 빛 그림자가 왔다가 사라지는 천장을 바라보았다. 깊은 밤인데도 창밖으로 이따금 자동차가 지나갔다. 대도시는 대도시인 모양이네. 밤에도 차가 다니다니. 이렇게 캄캄한데 다들 어디로 저렇게 바삐 가는 걸까.

몸은 곤죽이 되어 질퍽질퍽했지만 잠은 오지 않았다. 비도 그쳤다. 나는 국물 속에 빠진 두부처럼 누르기만 해도 물이 쭉쭉 흘러나오는 옷을 벗고, 내 몸의 서너 배는 되어 보이는 커다란 티셔츠와 바지를 빌려 입었다. 속옷까지 젖었지만 그건 차마 빌릴 수 없어 빨아서 위생실에 걸어 놓고 바지만 그대로 끌어 올렸다. 뽀송뽀송한 옷감이 살에 닿는 감촉만으로도 지옥에서 건져 올려진 듯하다.

내 자초지종을 들은 용 문신 아저씨, 아니 형은, 자기를 형이라고 부르라고 했다. 아저씨라고 부르면 날 두고 가겠다나? 아무튼 그 사람은 나를 이곳, 형의 집, 아니, 집이라기보다는 공동 숙소로 데려왔다. 밤 동안 사나이 셋이 잠을 자고, 낮에는 또 다른 사나이 셋이 잠을 잔다. 모두 합해 총 여섯 명이 한방을 쓴다는 얘긴데, 여기에 나까지 끼어 일곱이 되었다. 하나에서 둘 되는 게 어렵지 여섯에서 일곱 되기는 문제도 아니야, 라고 용 문신 형의 친절한 동료가 말해 주었다. 열심히 코를 골고 있는 저 사람이다.

다른 한 사나이는 우리야 좋지, 똑같이 돈을 나눠 내니까, 했다는데, 한 달 방세를 조금이라도 줄일 수 있어서 다들 썩 기분이 좋은 모양이었다. 나도 여기 살면서 방세를 내려면 이 사람들과 함께 일을 해야 한다. 그게 용 문신 형이 내건 조건이었다. 하루 만에 학생에서 어른이 된 기분이다. 용 문신 형은 하늘이 내려 주신 천사가 아닐까. 게다가 이 방에서 잠을 자는 사나이 중 둘은 우리말을 할 줄 알았다. 나는 영어를 할 줄 알지만, 형들은 아닌 것 같다. 그래도 두 사람과 말이 통한다는 게 어딘가. 꿈만 같다. 감사하다.

맨 처음 방 안으로 들어선 순간, 조금 충격적이기는 했다. 먼저 그 냄새! 여섯 사나이의 땀 냄새, 몸 냄새, 가래 냄새, 담배 냄새가 방바닥과 벽지, 천장에서도 풀풀 났다. 설거지는 며칠을 걸렸는지 먹다 남은 음식 찌꺼기가 썩어 가고, 그 주변으로 엄지만큼 큰 바퀴벌레들이 오락가락했다. 작은 바퀴벌레들은 벽을 타고 자유자재로 돌아다녔는데, 거기 사는 누구도 바퀴벌레의 행렬에 신경 쓰지 않았다. 이 집에 빗자루나 쓰레받기, 하다못해 휴지통이라도 있긴 한가 싶었는데, 베란다로 가 보니 거대한 투명 비닐봉지 안에 더러운 게 가득한 걸로 보아 대충 거기가 휴지통이려니 짐작했다.

이 공동 숙소에 사는 사람들은 모두 근처 거대한 상점에서 일한다고 했다. 용 문신 형 말에 따르면 그곳은 항상 일손이 부족하니까 내일 당장이라도 자기네 점포로 가서 일자리를 얻어 주겠다고 했다. 각종 물건이 든 커다란 상자를 나르고, 점포 내 알맞은 위치에 차곡차곡 쌓는 일이라고 했다. 평생 축구로 다져진 팔과 다리다. 그 정도는 내 근육이 알아서 움직여 줄 것이다. 하지만 걱정도 되었다.

"저는 이 나라 말을 못하는데 그래도 상관없습니까?"

"상관없어. 너 같은 애들 많다. 대신 눈치껏 말을 배우면 더 높이 올라가 더 많이 벌 수 있지."

더 높이 올라가 더 많이 번다……. 굳이 돈을 많이 벌고 싶다는 생각은 한 적 없는데. 하지만 우선은 살아야 한다. 살기 위해 먹어야 하고, 먹기 위해 돈이 필요하다. 잠을 자기 위해서도 돈이 필요하고. 그동안 내게 들어가는 돈 걱정은 모두 어머니가 해 주었구나. 어머니는 무사할까. 잘 계실까. 아버지, 설마 어머니를 어쩌진 않았겠지. 화를 내다가, 용서해 주었겠지.

만약 빗속의 공중전화에서 아버지에게 도움을 청했더라면, 나는 어떻게 되었을까. 다시 어머니를 만나고, 학교로 돌아가고, 축구 경기를 뛰고, 그래서 국제 무대에 나갈 수 있었을까. 나는 고개를 가로저었다. 아니야, 그렇게 될 리가 없어. 그 나라에서 16년을 살았다. 그 땅은 그렇게 돌아가는 곳이 아니다. 어머니와 나란히 정치범 수용소에 들어갔을지도 모른다. 수용소를 나와도 이 일이 평생 족쇄처럼 따라다녀서 아무것도 못 했겠지.

우선은 돈이다. 돈을 벌어야 당당하게 두 발로 설 수 있다. 독립. 그래, 독립하자. 어머니로부터, 아버지로부터, 나라로부터. 부모든 나라든 나 말고 다른 누군가가 내 인생을 조종하는 한, 나는 영원히 자유로울 수 없다. 지금은 낯선 용 문신 형의 집에서 신세를 지고 있지만, 어쨌든 이제는 까치발로나마 내 힘으로 서는 중이다.

그 첫 번째 증거로 나는 이 집에 오자마자 누가 시킨 것도 아닌데 내가 나서서 집을 청소했다. 가장 먼저 설거지를 시작했다. 형들은 녹초가 되어 누워서는 놔둬라, 내일 내가 치울 테니까, 말은 그렇게 했지만, 상태로 봐서는 어제오늘 설거지가 아니다. 나는 말없이 손에 기계가 달린 사람처럼 씻어 나갔다. 쌓인 냄비며 그릇, 컵 들을 차례차례 깨끗하게 씻으니 내가 다 깨끗해진 기분이었다. 그다음은 청소. 냉장고 밑에서 빗자루 비슷한 물건을 발견한 나는 우선 벽을 기어다니는 바퀴벌레부터 쓸어 냈다. 후드득후드득 바닥으로 떨어지는 것들을 전부 쓸어 담고 천장 구석 거미줄도 쳐 냈다.

내가 온 방을 누비는데도 누구 하나 일어나는 사람이 없이 다들 텔레비전을 보거나 게임을 하며 내가 지나갈 때마다 몸을 조금씩 틀어 공간을 내주었다. 혹시나 하고 열어 본 냉장고에는 역시나 곰팡이가 뭉게뭉게 피어올라 과일이며 채소를 반쯤 잠식해 그것도 모두 베란다의 대형 비닐봉지에 쑤셔 넣었다. 욕실에 있는 수건 한 장을 걸레로 만들어 벽부터 방바닥과 문틀까지 꼼꼼하게 닦았다.

"지금 치워도 어차피 낮에 오는 애들이 다 더럽혀."

텔레비전에 눈을 고정한 용 문신 형의 말에 그럴 거면 어차피 쌀 건데 먹기는 왜 먹고, 어차피 죽을 건데 살기는 왜 사느냐고 묻고 싶었다. 청소를 더 하고 싶었지만 다들 자야 하니 불을 끄겠다고 해서 하는 수 없이 멈추었다.

"저기, 자기 전에 딱 하나만 더 해도 되겠습니까?"

"뭔데?"

"제가 누울 쪽 벽에 뭘 좀 붙이고 싶은데요……."

"벽이야 먹을 수 있는 것도 아니고 아무도 신경 안 쓰니까 하고 싶은 대로 해."

나는 서둘러 일어나 축축한 배낭에서 나의 소니를 꺼냈다.

젖어서 군데군데 쭈글쭈글하긴 해도 등번호 7번과 형의 웃는 얼굴은 잘 보였다. 아까 청소하며 찾은 청 테이프로 벽에 소니 형을 붙였다. 그제야 마음이 편안해진다.

"이제 불 끈다."

"네!"

끌어 올린 이불에서도 꿉꿉한 냄새가 났지만, 나의 소니가 지켜보고 있으니 이제 뭐든 할 수 있다. 내일은 이불 빨래부터 하자.

~~~~~

나의 하루는 이렇게 시작된다. 아직 어두울 때 일어나 양치질하며 가볍게 몸을 푼다. 형들과 함께 차가운 공기가 무겁게 내려앉은 새벽 거리로 나선다. 넷이 같이 덜덜거리는 트럭 안에 끼어 탄다. 트럭은 회색빛 자욱한 안개를 뚫고 거대한 물건의 성채로 향한다. 그곳에는 세상에 존재하는 온갖 종류의 상품들이 차곡차곡 쌓여 잠들어 있다. 우리는 가게에 필요한 물건을 골라와 트럭에 꽉 차게 실은 다음 우리 점포까지 운반하고 그것이 있어야 할 가장 합당한 구역에 진열한다. 새벽 일이 끝나면 창고 구석에 상자를 뒤집어 놓고 하얀 비닐봉지에 담긴 국밥을 먹는다.

해가 뜨고 점포가 문을 열면 사람들이 물밀듯 들어왔다. 사람들은 끝도 없이 물건을 사고, 우리는 끝도 없이 빈 자리에 새 상품을 채워 넣었다. 그렇게 일을 마치고 물건의 성에서 빠져나오면 뉘엿뉘엿 해가 지고 있었다. 숙소가 바퀴벌레의 낙원이 되도록 놔둔 형들을 딱 일주일 만에 이해할 수 있었다. 집에 돌아가면 손가락 하나 까딱하기 싫었다. 아니, 그럴 힘도 남아 있지 않았다. 멍하니 누워서 천장만 바라보고 있어도 진이 빠졌다. 이게 사는 것일까? 이렇게 살기 위해 나는 여기 있는 것일까? 그런 고민조차, 실은 할 여력이 없었다. 이불 빨래라니, 내가 건방졌다.

~~~~~

매장에 들어선 내 또래 여자가 전화기 충전기 진열대 앞에서 한참을 서성였다. 내가 물건을 채워 넣으려고 서너 번 오락가락하는 사이에도 그 친구는 계속 거기 서 있었다. 배낭을 메고 청바지에 하얀 남방을 입은 모습이 상쾌했다. 검은 단발이 어깨 부근에서 찰랑거렸다.

그 친구를 몰래 훔쳐보면서 말도 안 통하는 나한테 뭘 물으면 큰일이다 싶어 일부러 고개를 더 푹 숙이는데 이런, 내가 또 흘끗 보는 사이에 눈이 마주치고 말았다.

"저기…… 혹시."

그 애의 예쁜 목소리는 분명 내가 알아들을 수 있는 우리말로 들렸다.

"어?"

"맞네! 어쩐지 눈빛이나 분위기가 우리 쪽 같았어요. 우리나라 사람 맞죠?"

"……어, 어, 그, 그게…… 그쪽도 강 건너에서 왔습니까?"

나는 주의 깊게 주위를 둘러보며 속삭이듯 물었다. 그 애가 고개를 갸우뚱하며 빙그레 웃었다. 어떤 공포도 깃들지 않은, 맑고 깨끗한 미소였다. 나는 가슴이 뛰었다.

"아니? 난 바다 건너에서 왔는데…… 비행기 타고."

"아, 비행기……."

"배낭여행 중이거든요. 친구랑 둘이 왔는데 오늘은 각자 따로 다니다가 이따 저녁때 만나서 같이 밥 먹기로 했어요. 근데 하필이면 폰이 나가서. 배낭 뒤져 보니까 충전기도 사라졌고…… 내가 이렇다니까. 급속 충전기를 사려는데 종류가 무지 많네요. 내 폰이 구형이라…… 이게 맞을지, 저게 맞을지."

말도 너무 빠르고 내가 모르는 단어도 섞여 있어서 완전히 알아들을 수는 없었지만, 그리도 우리말은 우리말이었다. 아마도 나보다 한참 아랫동네에서 온 사람. 소니의 나라 사람이다. 바다를 건너왔다. 비행기를 타고. 배낭여행 중. 모든 말이 가슴 뛰게 멋있다. 하지만 제일 멋있는 건 예쁘고 부드러운 목소리였다. 은쟁반 위를 굴러가는 옥구슬 같다. 나는 우선 전화기를 보고 거기에 맞는 충전기를 찾아 주었다.

"이거…… 맞을 겁니다."

"고마워요! 역시 전문가는 다르네. 여기서 일해요? 유학생?"

"……아, 뭐, 그 비슷한……."

유학생. 그 단어를 들으니 이제는 포기한 내 꿈이 생각났다. 그래, 나는 유학을 떠나고 싶었지. 축구로 유명한 나라에서 살고 싶다고, 거기서 공부하고 싶다고, 그런 꿈을 꾼 적이 있었다. 지금은 숙소 벽에 너덜너덜하게 붙여 둔 소니 형 사진처럼 여기저기 찢어진, 그런 꿈을, 나도 꾸었었다. 마치 전생처럼 먼 꿈 같다.

"혹시 오늘 저녁에 시간 되면 내 친구랑 같이 저녁 먹을래요?"

"예, 예?"

"맛집을 검색하긴 했는데, 요샌 인터넷 리뷰를 믿을 수가 있어야죠. 현지 분들이 잘 아는 찐 맛집 있잖아요. 여기 사는 사람들이 저녁 먹으러 가는 곳. 그런 데 좀 소개해 줘요. 잠깐이라도 얘기 나누면서 여기 이야기도 들려주고요. 대신 저녁은 우리가 살게요."

"아, 그, 저……."

당황해서 말도 제대로 나오지 않았다. 아니, 아랫동네 여성분들은 이렇게 혁명적으로 사람을 사귀시나. 난생처음 받아 보는 이성의 저녁 초대에 심장이 밖으로 탈출할 것처럼 요동쳤다.

그나저나 저녁 먹으며 이야기를 나누다 보면 내 신분이 다 드러날 텐데. 이 사람들, 나를 어떻게 볼까. 내 정체를 알면 놀라서 도망치려나. 인민학교° 땐 남조선 사람이 무조건 나쁘다고 배웠다. 무찔러야 하는 적이라고 배웠다. 하지만 소니나 열차 안에서 날 구해 준 형이나 단발머리 소녀까지, 모두 착하고 순한 얼굴이다. 특히나 이 친구는…… 이대로 헤어지고 싶지 않다. 더 많은 이야기를 하고 싶다. 이 친구들은 나와 어디가 다를까, 또 어디가 같을까……. 나는 소심하게 고개를 끄덕였다.

"좋았어! 몇 시에 끝나요? 오늘 저녁 6시쯤 괜찮아요?"

"네, 그쯤이면……."

"와, 신난다. 그럼, 이따 6시에 이 건물 1층 조각상 앞에서 만나요!"

"그, 그, 그러죠……."

6시. 1층 조각상.

오랜만에 시합 뛰기 직전처럼 가슴이 두근두근 뛰기 시작했다.

○ 초등학교

※ 5

"날도 추운데 왜 이런 데서 만나자는 거야."

선미가 점퍼 지퍼를 올리며 말했다. 확실히 한겨울 호수 바람은 살을 엘 듯 차갑다. 하지만 그리 나쁘지 않았다. 살면서 이렇게 거대하고 드넓은 물을 바라본 적도 드무니까. 고양이 아저씨의 검은 목도리를 콧등까지 끌어 올리며 알 수 없는 해방감에 몸을 떨었다.

"안녕!"

등 뒤에서 들리는 경쾌한 남자 목소리.

"이 친구가 그 친구로구나. 반갑다."

다소 통통한 볼에 눈매가 선한 그 남자는 얼굴 가득 천진난만한 미소를 지으며 내게 손을 내밀었다. 얼떨결에 나도 손을 내밀어 악수하는데 놀랄 만큼 손이 뜨겁다.

"자, 선물."

남자가 호주머니에서 꺼내 건넨 건 조그만 손난로였다.

"어머, 나는요."

선미의 말에 남자는 다른 주머니에서 또 하나를 꺼냈다.

"선미 것도 있지. 나는 공평한 사람이에요. 손난로 두 개도 공평하게 데웠단다. 티켓은 샀으니 슬슬 배를 타 볼까?"

일단 느낌은 좋은 사람이다. 하지만 경계심을 늦추어선 안 된다. 첫째도 경계, 둘째도 경계다. 꽁꽁 언 손을 손난로로 녹이며 마음을 다잡았다.

겨울날 호숫가 배에 사람은 많지 않았다. 이 넓은 호수에는 건물도 없고 나무도 없고 가릴 것이 별로 없어 바람이 거침없이 불어왔다. 이런 곳에서 대화를 나눈다면 밤말이든 낮말이든 물어서 옮길 동물은 없으리라. 의외로 용의주도한 사람인지도 모른다. 우리는 남자를 따라 선실 안으로 들어가 뒤쪽 창가에 자리를 잡았다. 배가 서서히 움직였다.

"춥긴 하지만 밖에 나가 볼까?"

남자가 눈을 새우등처럼 둥글게 구부려 웃으며 제안했다.

"어휴, 추워 죽겠는데!"

선미가 엄살을 부렸지만 나는,

"좋아요."

하고 대꾸했다.

"그럼 둘이 나갔다 와. 난 난방 되는 데서 몸 좀 녹이고 있을 게요."

공평한 남자와 나는 나무 문을 열고 갑판으로 나갔다. 호수의 찬바람에 가슴속까지 뻥 뚫렸다. 아, 시원해. 나는 전생에 바람이었을까? 바람 부는 곳이 좋다. 마음이 차분해진다. 바람에 몸을 맡긴 채 눈을 감고 있으면, 어디든 날아갈 수 있을 듯하다. 내 옆의 해맑은 남자도 추위에 아랑곳하지 않고 갑판에 매달려 바람을 맞으며 말했다.

"아, 좋다. 정말 시원하지 않니?"

이 사람도 나랑 비슷한 병이 있구나. 안개 낀 호수 한가운데 은은하게 떠 있는 작은 섬이 마음에 든다. 홀로인 그 모습이 쓸쓸해서 더 좋다. 나는 섬을 바라보며 답했다.

"좋네요."

"하하하. 전혀 좋지 않은 얼굴을 하고서 좋다고 하는구나."

"……내 얼굴이 그래요? 난 정말 좋은데."

"나는 미카엘이라고 해. 네 이름은?"

미카엘? 무슨 이름이 그렇지? 가명이다. 자기는 가명을 대면서 나한테만 진짜 이름을 요구하면 곤란하다.

"로즈."

"하하하. 그건 너희 가게 이름이잖아."

"그쪽도 본명 아니잖아요. 미카엘, 그건 무슨 외국 배우 이름인가?"

"하하하하하."

남자는 호수 표면을 일렁이게 할 듯이 시원하게 웃어 젖혔다. 로즈에 오는 사장님들하고는 색깔이 다르네. 우선 좀 더 젊고, 또 좀 더 밝다. 그리고 좀 더 예의 바르다고 해야 하나, 좀 더 따뜻하다고 해야 하나, 아무튼 사람이 다정했다. 대체 이 남자, 정체가 뭐지?

선미 말로는 성당인가 뭔가 하는 데서 결혼도 안 하고 신을 섬기는 사람이라고 했다. 그게 정확히 어떤 직업인지는 선미도 잘 모르는 모양이었다. 나한테 뭘 요구하려는 건가. 내게 자유를 주면 난 무엇을 주어야 하나. 단도직입적으로 본론에 들어가기로 했다.

"이 나라 국경을 넘을 수 있게 해 준다면서요? 선미가 그러던데."

"응."

"대가로 뭘 원하죠?"

미카엘인가 하는 작자가 달짝지근한 미소를 보냈다. 실없이 왜 자꾸 웃는 거야. 흥, 저런 달콤함에 속을 만큼 바보가 아니야, 난.

"원하는 거 없어."

"거짓말하지 말아요."

나는 다시 섬으로 눈길을 주며 난간에 몸을 기댔다. 인간들이 저 섬만큼이라도 솔직해지면 좋겠다.

"내가 원하는 게, 딱 하나 있기는 있어."

거봐, 내가 뭐랬어.

"로즈의 행복."

이건 또 무슨 수작?

"무슨 소리예요?"

"넌 어떨 때 가장 행복하니?"

남자는 내가 예상치 못한 질문을 해 댔다. 확실히 지금까지 와는 전혀 다른 종족이다. 훨씬 더 고단수인지도 모르겠다. 나는 일단 받은 공을 상대방에게 도로 넘기기로 했다.

"그러는 미카엘 씨는요?"

"나? 난…… 다른 사람들이 행복할 때 행복해."

갈수록 태산이다.

"사람이 왜 그렇게 진실성이 없어요?"

"하하하, 그랬나?"

또, 또, 사람 좋아 보이는 저 미소. 저걸 무기로 여자들 꽤 울렸을 거야.

"전부 다 헨둥한° 거짓말이잖아요. 남의 행복에 행복한 사람이 세상에 어디 있어. 솔직하게 털어놔요. 나도 세상 돌아가는 건 다 아니까."

"후후, 너 혹시 신부라고 들어 봤니?"

"신부요? 그건 시집가는 여자잖아요."

"그런 신부도 있고, 아닌 신부도 있지."

○ 뻔한

한겨울 호수 구경까지는 좋았는데, 이상한 수수께끼만 내면서 이야기를 빙빙 돌리니까 머리가 아프다.

"세상에는 여러 힘이 있어. 다양한 방면으로 인간을 끌어당기는 힘이 있지. 돈이나 명예나 권력도 그중 하나이고. 하지만 그게 다는 아니야. 세상 모두를 사랑하는 힘. 그런 힘을 믿고 따르는 사람들도 있단다. 나 같은 신부처럼."

"누굴 믿고 따르는 거, 전 싫어요."

나의 고향은 누굴 믿고 따르는 힘이 아주 강력한 곳이다. 그 사람이 꺼낸 말 한마디, 행동 하나하나까지도 다 외우고 기억하고 시험까지 친다. 게다가 그 사람 말을 거역하면 총살. 감옥살이. 돌팔매. 지긋지긋해. 누굴 믿고 따라야 하는 그런 세계에는 인정머리도 없고, 행복 같은 것도 없고, 사랑 같은 건 더더욱 없다. 그저 군림하는 강자와 시달리는 약자가 있을 뿐.

"너의 반발심도 충분히 이해해. 하지만 기억해 줘. 이것 하나는 진실이니까. 나는 네가 행복하기를 바라. 자유롭기를 바라. 그것 말고는 원하는 거 없음. 너의 행복이 나의 행복이야."

"춥네요. 그만하고 우리도 선미 있는 데로 가요."

～～～

로즈의 2층에서 아기가 울기 시작한다.

"여기 아기가 있나?"

귀 밝은 손님 하나가 말했다.

"아기는 무슨. 새끼 고양이가 배고파 우는 소리겠죠. 자자, 한 잔 더 하세요."

내 앞에 있던 마담이 손님에게 술을 따르며 둘러댔다.

"응애, 응애."

이번 소리는 컸다. 마담의 미간도 찌그러졌다.

"새끼 고양이가 배고픈가. 제가 가서 밥 주고 올게요."

나는 얼른 2층으로 올라갔다. 금향 언니가 우는 아기에게 젖을 주려 했지만 발버둥을 치며 우는 아기를 어쩌지 못하고 있었다.

"소라야, 소라야, 우리 예쁜 소라. 왜 우니, 왜 울어. 울고 싶은 건 나인데."

내가 아기를 안아 달랬다.

"미치겠네. 왜 자꾸 우는지 모르겠어."

나는 기저귀를 살폈다. 깨끗하다. 이마를 짚었다. 열도 안 난다. 그런데 왜 울지. 이 아기도 나처럼 여기가 마음에 안 드나. 그래서 우나.

"둥개둥개 둥둥, 우리 소라, 착하지. 우는 소라, 미워요. 웃는 소라, 착해요."

내가 리듬을 타며 아기를 흔들자, 거짓말처럼 울음을 뚝 그치더니 방긋 웃었다. 아기 얼굴을 들여다보고 있던 금향 언니도 웃고, 나도 웃었다. 소라 덕분에 우리는 오랜만에 함께 웃었다. 그때였다. 아래층에서 우당탕 소리가 나더니 선미와 몇몇 언니들이 뛰어 올라왔다.

"여름아, 튀어. 공안 떴어."

내 눈에 공포의 빛이 서렸다. 지난번에 북송된 것도 저 사람들 때문이다. 또 머리채가 잡혀서 끌려갈 순 없다. 선미와 언니들은 벌써 2층 창문에서 뛰어내렸다.

"여름아, 어서 가."

금향 언니가 소라를 받아 안으며 재촉했다. 제대로 된 구실 못 하는 남편이기는 해도 언니는 이 나라 사람과 결혼해 아이까지 낳았으니 이 나라에 뿌리를 내린 셈이다. 나처럼 의지가지없는 홑몸과는 다르다. 난 또 도망. 어쩌면 죽을 때까지. 그건 아니야. 이렇게 살 수는 없어. 선미는 이대로 충분하다고 했지만, 난 아니야. 이곳은 내가 있을 곳이 아니다.

"언니, 잘 들어. 난 이제 떠날 거야. 그리고 다시는 안 올 거야. 마담한테 맡겨 둔 내 돈, 그건 소라한테 줄게. 다 소라 줄게."

"뭐? 무슨 소리야. 너 어디로 가는데?"

나는 네가 행복하기를 바라……. 자유롭기를 바라……. 돌연 호수 위에서 들었던 신부의 목소리가 메아리쳤다. 너의 행복이 나의 행복이야. 그 말을 들었을 땐 속으로 코웃음을 쳤는데, 위급한 상황이 닥치니 그 말이 뇌리에 박혀 떠나지 않는다.

"언니, 안녕. 언니의 행복이 나의 행복이야."

소라도, 안녕.

로즈도, 안녕.

나를 알던 모든 이들이여, 안녕.

창가 아래 운동화 한 켤레가 달빛을 머금고 가지런히 놓여 있었다. 언제든 도망갈 수 있도록 우리는 창문 밑에 신발을 보관한다. 운동화를 꿰어 신고 2층에서 가뿐히 뛰어내린 나는 성당을 향해 달렸다. 어느 때보다 몸이 가볍다. 등에 날개라도 돋았나. 어둠이 내린 작은 성당 마당에는 두 팔을 벌린 예수님이 서 있었다. 어서 오라고 나를 반기듯이.

호수에서 '미카엘'이라는 천사의 이름을 땄다는 신부를 만난 뒤로 나는 종종 이 성당에 놀러 왔다. 우리가 사는 연도만큼 오래전에 '예수'라는 사람이 이 땅에 왔었다는 것, 그가 베푼 사랑이 아프고 가난한 이들을 치유하였다는 것, 그 힘을 따르는 사람들이 자발적으로 모여 기도하고 이야기 나누는 곳이 성당이라는 것. 내게는 너무도 신선하고 새로운 철학이 이 공간에 머물렀다. 나는 어느 틈엔가 성당에서 예수님을 볼 때마다 따뜻한 안도감을 느끼고 있었다. 고향에서 3김 부자의 사진을 볼 때는 느끼지 못한 감정이었다. 세상에는 종교라는 게 있구나. 신이라는 게 있구나. 대가를 바라지 않는 사랑이라는 게 있구나.

나는 사제관으로 달려가 문을 두드렸다.

"신부님, 신부님, 미카엘 신부님. 안에 계세요? 저예요. 여름

147

이에요."

문이 열리고, 미카엘 신부님의 온화한 미소가 잠시나마 내게 평화를 주었다.

"여름이 왔구나."

"저 가고 싶어요. 제가 자유로울 수 있는 곳. 행복할 수 있는 곳. 그런 곳이 있다면, 저 좀 데려가 주세요. 저, 믿어 볼래요. 사랑의 힘이라는걸."

❄ 6

"백두산은 화산 활동으로 만들어진 활화산입니다. 산머리에 용암이 식어 굳어진 백색 돌이 있어 백두산이라고 부르게 되었습니다. 공룡이 살던 쥐라기부터 폭발이 일어났고, 지금으로부터 200만 년 전부터 잦아들며 현재의 산세를 이루었습니다. 백두산 밑에는 아직도 뜨거운 마그마가 흐르고 있으며 언제 다시 폭발할지는 아무도 모릅니다……."

"우아!"

선생님 말씀에 아이들이 탄성을 질렀다.

"백두산이 폭발한다고요?"

"와디디하다, 야."

아이들은 일제히 고개를 돌려 교실 창밖을 내다보았다. 저 멀리 구름 바로 아래에 눈 덮인 백두산 머리끝이 보였다. 나는 백색 돌이 있다는 산꼭대기를 노려보며 작게 주문을 외웠다.

"분화해라, 분화해. 분화해라, 분화해······."

당장 폭발해 버려라. 산도, 들도, 학교도, 선생도, 나도, 세상 모든 걸 집어삼켜라. 전부 다 활활 타올라라.

"선생님, 민설이 요망한 소리를 합니다. 마녀처럼 주문을 외웁니다."

"야, 야, 설사야. 정신 차려라. 야, 그만하라고."

나는 아랑곳하지 않고 제자리에서 벌떡 일어나 이제는 큰소리로 외쳤다.

"분화해라, 분화해! 분화해라, 분화해!"

그러자 백두산 꼭대기가 들썩들썩하더니 폭죽이 터졌다. 그와 동시에 용의 혓바닥처럼 시뻘건 불길이 솟구쳤다. 거대한 돌과 자갈이 하늘로 펑펑 튀었다가 사방으로 흩어졌다. 쨍그랑! 작은 돌멩이 하나가 날아와 교실 뒤편 유리창을 깼다.

놀란 아이들이 소리를 지르며 밖으로 뛰쳐나갔다. 나는 혼자 신이 나서 창가로 달려가 몸을 앞으로 쭉 빼고 백두산의 분화를 구경했다. 용이 하늘을 날며 불을 뿜듯이 용암이 엄청나게 빠른 속도로 흘러내렸다. 집도, 나무도, 돌도, 사람도, 다 집어삼킨다. 마을이 온통 불구름°에 휩싸였다. 아, 뜨거워. 뜨겁지만 좋아. 나는 이제 용암과 하나가 되겠구나. 모두와 하나가 될 거야. 엄마, 아빠, 언니, 오빠, 옥별아, 아저씨. 이제 나랑 헤

○ 세찬 불길

어지지 말고 하나가 되어요. 하나로 굳어서 돌이 되고 먼지가 되고 비가 되어요. 이윽고 용암은 운동장까지 나를 데리러 왔다. 저 아래 우리 반 아이들이 용암에 휩쓸리며 울고불고 소리를 지른다. 울지 마, 울지 마. 나랑 같이 가자, 나랑 같이 가자.

용암이 내 코앞까지 바짝 다가왔을 때…… 문득 눈을 떴다. 눈앞의 난로 속에서 장작불이 타닥타닥 소리를 내며 타오르고 있었다. 나는 담요를 돌돌 말아 몸에 두르고 둥근 천막 구석에 누운 채였다. 타오르는 불길을 응시하는 사이에 점차 현실로 돌아왔다. 여긴 까마득히 백두산이 보이던 학교가 아니다. 용암도 없다. 용도 없다. 시뻘건 불길은 그저 나를 이리로 붙잡아 온 몽골족 남자가 피워 놓은 난롯불일 뿐이다. 나는 낙담했지만 더 이상 눈물도 나오지 않았다. 눈물은 이미 말라 있었다.

잠시 후 몸에 푸른 옷을 두르고 얼굴이 붉은 할머니가 쟁반에 뭘 받쳐 든 채 안으로 들어왔다. 열린 문 너머로 쏟아지는 빛을 보고 아침이 왔다는 걸 알았다. 알록달록한 모자를 쓴 어린아이가 할머니 치마폭을 잡고 따라왔다. 호수처럼 반짝이는 눈을 깜박이며 신기하다는 듯이 나를 올려본다.

쟁반 위에는 김이 모락모락 나는 빵과 하얀 국물이 담긴 그릇, 숟가락과 차 한 잔이 놓여 있었다. 마음 같아선 죄다 집어 던지고 싶었지만 할머니와 아이 앞이라 참았다. 착한 사람 탈을 쓰고 있지만 이자들도 인신매매범과 한통속이다. 이놈이나 저놈이나 다 짐짝에 싣고 냅다 바위 위에서 내던질 놈들이다.

그래도 배는 고팠다. 일단 먹고 보자.

밀가루를 배배 꼬아 노릇노릇하게 튀긴 작은 빵을 한입에 털어 넣었다. 꿀맛이다. 그다음 한 개. 또 그다음 한 개. 따끈하니까 더 맛이 좋았다. 내가 목이 막혀서 캑캑거리니 할머니가 다가와 등을 두드려 준다. 어린아이는 알아들을 수 없는 말을 하며 손가락으로 국을 가리켰다. 나는 일단 차를 한 잔 마신 뒤, 이번에는 국물에 빵을 찍어 먹었다. 고소한 맛이 빈 위장을 부드럽게 채워 주었다. 아이가 활짝 웃었다.

쟁반 위의 그릇을 깨끗이 비웠을 때, 아이가 내 손을 잡아끌었다. 따뜻한 손이었다. 나는 순순히 따라갔다. 천막 밖으로 나가자, 아무도 손대지 않은 깊은 숲속 연못처럼 깨어질 듯 맑은 하늘이 펼쳐졌다. 등에 둥그런 혹이 달린 낙타도 보였다. 낙타를 실제로 보는 건 처음이었다. 광활한 초원에 천막 여러 채가 둥그렇게 무리를 지어 있었다. 이곳이 마을인가. 나보고 여기서 살라는 말인가. 다리에 힘이 풀렸다.

아이가 나를 돌아보며 살짝 웃더니 작은 천막 문을 열고 그 안으로 날 밀어 넣었다. 안에서 후끈한 수증기가 밀려 나왔다. 들어가니 지붕 위 하늘이 동그랗게 열려 있고 그 밑에 아담한 나무 욕조가 보였다. 안에는 뜨거운 물이 받아져 있었다. 물 위로 쏟아지는 햇살이 금가루를 뿌려 놓은 듯 반짝거렸다. 목욕하라는 얘기구나!

무엇보다도 내가 목욕할 수 있다는 사실에 가슴이 감동으로 일렁거렸다. 얼마만의 목욕인지! 따끈한 목욕물에 몸을 담가 본 게 언제인지 기억나지 않는다. 아이는 날 혼자 두고 밖으로 나갔다. 뜨거운 물과 따뜻한 햇살, 그리고 수증기를 밀어 올리는 찬 바람. 작은 천막 안에서 물과 바람과 빛이 일으키는 격렬한 운동을 느끼며, 나는 아주 오랜만에 행복한 기분이 들었다.

하지만 그 생각도 잠시, 벽에 걸린 조그만 거울을 본 순간 너무 놀라 비명을 질렀다.

"악! 내가 이렇게 더러웠다니!"

고향에선 깔끔하기로 둘째가라면 서럽던 나인데. 머리칼은 먼지와 모래와 지푸라기 따위가 엉겨 붙어 거대한 쑥떡 같고, 얼굴은 이마며 코끝이며 볼 군데군데 진흙인지 검댕인지가 묻었으며, 목에는 꼬질꼬질 때가 끼어 가느다란 목걸이를 한 것처럼 여러 겹의 줄이 나 있었다.

감옥에서도 제대로 씻지 못하고, 탈옥한 이후 숲속이며 돼지굴이며 여기저기서 잔 걸 생각하면 당연한 일이었지만 이정도일 줄은……. 거울 옆 선반에는 하얀 수건 여러 장과 칫솔, 치약, 비누, 그리고 깨끗한 옷 한 벌과 속옷이 놓여 있었다. 할머니가 입은 옷과 비슷한 푸른색 광목 재질의 옷이었다. 나는 엄마가 선물한 소중한 외투를 벗고, 오빠가 아끼던 생쥐 손목시계를 풀고, 걸레라고 해도 믿을 만큼 더러워진 바지와 땟국물이 줄줄 흐르는 윗옷과 속옷까지 모두 벗고, 태어났을 때와 똑같은 알몸이 되어 욕조 속에 살짝 발을 담갔다.

"하……."

녹아내리는 양초처럼 흐물흐물 물속으로 가라앉았다. 열기가 뼛속까지 스며들어 깊은숨이 명치에서부터 입으로 터져 나왔다. 눈을 감고 다시 크게 숨을 들이마시며 뜨거운 수면 아래로 잠수했다. 백두산 용암만큼은 아니지만 이 온탕도 나를 지우기 충분했다. 머릿속에 꽉 찬 걱정, 고민, 두려움, 괴로움, 분노…… 그런 게 기포와 함께 뽀글뽀글 사라져 갔다.

지우자.

비우자.

그리고 한 마리 물고기가 되자.

내게도 분명, 태어난 이유가 있을 거야…….

어푸.

숨이 차올라 물 밖으로 세차게 고개를 내밀었다. 작고 푸른 하늘이 예뻤다.

~~~~~~~~

문을 열고 나가니 차고 깨끗한 바람이 몰아쳤다. 욕실에 살결물°까지 놓여 있어서 듬뿍 발랐더니 오랜만에 볼이 상쾌하고 촉촉하다. 기분 좋은 냄새까지 나네.

그나저나 아이는 어디 갔지? 할머니는? 유목민 옷을 입고 있어서 그런지 어느새 내가 이 대자연의 일부로 스며든 것만 같다. 그때 뒤쪽에서 저벅저벅 자갈 밟는 소리가 났다. 덥수룩한 머리칼 위로 검은 모자를 눌러쓴 남자가 번뜩이는 눈으로 나를 보며 다가오고 있었다.

저 사람이구나! 나는 직감했다. 저 사람이 내 남편이야. 내게 정해진 남편이다. 싫어…… 싫어. 싫어! 고향에서도 내 남편 정도는 직접 고를 자유가 있다. 산적처럼 생긴 남자 뒤로 몽골족 할머니가 종종걸음으로 따라왔다. 이 남자가 당신 아들이구나. 달아나야 해! 나는 그들 모자(母子)를 보자마자 곧장 뒤돌아 초원을 향해 달음박질했다. 아득히 멀리 거울 같은 호수가 보였다. 아, 저 호수까지라도 달아날 수 있다면! 그러나 허무하게 열 걸음도 못 가 산적은 내 허리를 움켜쥐고 어깨 위로 들쳐 멨다.

"놔, 놔, 이거 놔!"

산적을 마구 때리며 외쳐 댔지만, 풀잎으로 바위 치기였다. 산적은 잠자코 내가 자던 천막으로 향했고, 할머니의 알아들을 수 없는 목소리는 우릴 따라오다 천막 앞에서 멈춰 섰다. 산적은 안으로 들어가 침상 위에 나를 내려놓았다. 나는 담요로 몸을 휙 둘러 감싼 뒤 내가 지을 수 있는 가장 매서운 눈매로 노려보았다.

"너는 내 아내다."

○ 스킨로션

산적은 낯선 억양으로 중국말을 했다.

"아니야!"

나도 짧은 중국어로 받아쳤다.

"너는 내 여자다."

"아니야!"

"나는 돈을 냈다. 너를 샀다."

"안 팔아! 안 팔아!"

산적이 다가왔다.

"나는 돈을 냈다. 나는 아내를 원한다."

"싫어, 싫어! 저리 꺼져!"

"나는 양도 많다. 말도 많다. 낙타도 있다."

나는 그냥 우리말로 되는 대로 욕을 퍼부었다.

"망할, 그게 나랑 무슨 상관이야. 건들기만 해 봐, 감히 누굴 넘봐! 내 몸에 손만 대 봐, 싹 다 물어뜯어 버릴 테니까! 죽고 싶으면 와라, 어? 어?"

침상에서 뛰어내려 문을 잡아당겼지만 열리지 않았다. 산적은 나를 느긋하게 따라왔다. 나는 둥근 천막 안을 돌고 돌았다. 산적은 그런 나를 보며 웃기까지 한다. 미친놈. 쳐 죽일 놈. 서른? 마흔? 소름이 끼친다. 아아, 엄마, 나 이제 어쩌면 좋아. 두 주먹을 꼭 쥐었다. 엄마의 구리 반지가 손에 닿았다. 눈물이 펑펑 솟구쳤다. 나는 악을 쓰며 손에 잡히는 물건을 마구 집어 던졌다. 주전자, 사발, 찻잔, 거울……. 거울이 중앙에 놓인 난

156

로에 부딪혀 쨍그랑 소리를 내며 깨졌다. 난로 속에 타오르는 불길이 아기 용의 혓바닥처럼 날름거렸다.

그래, 저거다!

나는 본능적으로 불길이 활활 타오르는 난로 쪽으로 달려갔다. 온몸이 뜨겁게 달아올랐다. 정신을 차려 보니, 맨손으로 불붙은 장작과 말똥을 집어 닥치는 대로 던지고 있었다. 뜨겁지도 않았다. 아프지도 않았다. 손에 아무런 감각도 없었다. 불길이 바닥에 깔아 놓은 양탄자로 번졌다. 천막 천에도 불꽃이 튀었다. 산적의 얼굴에서 미소가 사라졌다. 놈의 눈에 두려움의 불길이 스쳤다. 그 순간 천막이 활활 타오르기 시작했다.

불이다!

시커먼 연기가 일었다.

산적은 허둥지둥 옷을 벗어 불길을 덮으려 했다. 하지만 끄는 불보다 내가 집어 던지는 불이 더 많았다. 나는 굿을 하는 무당처럼 소리를 질러 댔다.

"꺄아아아아아아아!"

내가 내지르는 소리가 정수리를 관통해 천장을 뚫고 하늘로 솟구치는 듯했다. 불길이 솟구쳐 하늘에 구멍을 냈다. 공기가 들어오자 불길은 더욱 사납게 타올라 나무 기둥에도 기세 좋게 불이 붙었다.

타라, 타라, 타올라라.

이 끔찍한 세상, 모든 걸 불태우고 흩어져라!

그제야 문이 벌컥 열리고 사람들이 뛰어 들어와 나를 끌어냈다. 너나없이 물동이를 들고 뛰어다녔다. 그 너머로 아까 나를 목욕탕으로 데려간 아이가 울고 있다. 흥, 울어라. 펑펑 울어라. 너는 나의 괴로움을 반도 모른다. 어디선가 단백질 타는 냄새가 났다. 내려다보니 불이 붙은 장작이 아직도 내 손에 있었다. 그걸 내던지자 주변에 있던 사람들이 뿔뿔이 흩어졌다.

"꺄아악키요오옷파아아햐!"

나의 괴상한 비명이 황량한 하늘과 땅을 꽉 메웠다. 눈물과 콧물과 매캐한 연기에 휘감겨 캑캑거리는데 눈앞에 할머니가 나타났다. 그러더니 찰싹, 내 뺨을 때렸다. 사람들이 산적을 떠메고 천막 밖으로 나왔다. 누군가 뒤에서 중국말로 크게 소리치는 게 들렸다.

"저건 마녀야, 불의 마녀야!"

"그래, 난 마녀다. 똑똑히 기억해라. 불의 마녀를 건드리면 어떤 꼴이 되는지! 으하하하!"

나는 고래고래 소릴 지르며 허공에 대고 크게 웃음을 터뜨렸다. 불을 끄던 사람들이 모두 나를 돌아보았다. 그들의 눈에 공포가 서려 있었다. 순한 양 떼 같은 그 눈빛을 보며, 나는 또 웃었다. 이 상황이 우스워서 견딜 수가 없었다.

몽골족이 불을 신성시한다는 건 나중에 알았다. 불붙은 장작을 맨손으로 던져 댔으니 내가 두렵기도 했겠지. 나는 할 수 있는 것을 다했다. 정말로 불의 마녀가 된다 해도 아무 상관이 없었다. 말똥만큼도 신경 쓰지 않았다. 화상을 입어 일그러진 손에 손금이 지워졌지만, 그래도 괜찮았다. 내가 나를 지킬 수 있다는 사실만이 내게는 중요했다. 엄마의 반지는 손 안에서 녹아 사라졌다. 결국 우리는 생각지도 못한 방식으로 하나가 되었다.

나는 풀려났다. 저 아이는 위험하다. 우리가 가진 걸 다 불태울지 모른다. 우리 아이들과 말과 낙타와 양이 위협을 받는다. 그렇게 생각했을 것이다. 불을 맨손으로 쥐는 마녀와 함께 살기 무서웠겠지. 산적은 코빼기도 보이지 않았다. 병원으로 실려 갔는지, 아니면 내가 무서워서 도망을 쳤는지, 알 바 아니다. 손에 붕대를 감고 천막에 혼자 드러누워 있는데, 날 데려온 몽골족 남자가 내 배낭과 엄마가 선물한 검은 외투를 던지며 중국어로 말했다.

"널 놓아주겠다. 원하는 데로 어디든 가라."

몽골족 할머니가 길 떠나는 나에게 누런 그릇에 든 흰 우유를 건넸다. 나는 몇 번이나 고개를 저었지만, 할머니는 내 팔뚝을 꽉 잡고서 나에게 우유 먹이는 걸 포기하지 않았다. 마시지 않으면 놓아주지 않을 기세였다. 나는 눈을 꼭 감고 꿀떡꿀

떡 우유를 마셨다. 태어나서 처음 마셔 보는 달고 신선한 우유였다. 내가 자기네 집을 태우고, 자기 아들을 다치게 하고, 온갖 소란을 피웠지만, 그래도 무언가는 먹여서 보내고 싶은가 보다.

왼손으로 그릇을 받아 든 할머니는 오른손을 들어 검지로 호수를 가리켰다. 저리로 가라, 그러면 살 수 있을지도 모른다, 그런 뜻일까. 나는 내 마음대로 해석하며 뒤돌아 호수를 향해 걸었다. 해 지기 전에 어디든 닿아야 했다.

태어나 이토록 드넓은 광야는 처음이다. 어디에도 숨을 곳이 없다. 도망갈 구석도 없다. 그저 망망히 펼쳐진 세상 위로 이어진 희미한 길을 따라 걸을 뿐이다. 지구상의 모든 바람이 이곳으로 모여드는 듯하다. 멀리 삼각형 모양의 푸른 능선 아래로 거울 같은 작은 호수가 반짝이고 있었다. 걷다 보니 저편에서 여러 빛깔의 말들이 드문드문 난 풀을 뜯고 있다. 더없이 여유로워 보인다. 저 말들은 이 땅에서 자유롭게 살고 있구나. 이곳에 자연스럽게 녹아들어 있구나. 하늘을 나는 독수리도 마찬가지였다. 나만 빼고 모두가 자유롭고 자연스럽네. 대체 나는 어디로 가야 그렇게 살 수 있나. 거대한 태양이 머리 위에서 이글거렸다.

내 발걸음은 이제, 태엽을 감아 둔 꼬마 병정 인형처럼 자동으로 척척 움직였다. 물가가 나타나면 거기서 목을 축이고 잠시 쉬었다. 내가 굶어 죽을까 불쌍했는지 할머니가 배낭에 옥수수빵과 물통을 챙겨 줬다. 빵을 뜯어 먹으며 배고픔을 견뎠

다. 어떻게 된 일인지 땅은 점점 메말라 가고 초원에는 건조한 모래바람만 분다. 길을 잘못 들었나? 그런 생각을 하다가 픽 웃었다. 애초에 내게는 잘못 들 길조차 없지. 지금 내가 어디로 가는지도 모르는데 잘못 가는지 올바로 가는지 알 게 뭐람.

한참을 걷다 보니 먼지 이는 황톳길 한쪽에 붉은 절벽이 높다랗게 솟아 있었다. 그 위로 사슴뿔처럼 삐죽 솟아오른 형상이 보였다. 저게 뭐지? 지쳐서 몽롱한 상태로 나도 모르게 그리로 다가갔다. 절벽 옆에 하늘로 향하는 허름한 흙 계단이 있었다. 높은 곳으로 오르면 근처 마을이 보일지도 모른다. 나는 계단을 올랐다.

다 쓰러져 가는 허름한 절이었다. 사람의 그림자는 보이지 않는다. 이미 폐허가 된 사원. 오늘은 여기서 하룻밤 보내야 하나. 주위를 둘러보아도 탁 트인 시야에 들어오는 건 끝없이 이어진 길과 초원뿐이고, 드넓은 땅 어디에도 집은 보이지 않았다. 살아 움직이는 거라곤 아까부터 기분 나쁘게 내 머리 위를 빙빙 도는 독수리가 다다. 그대로 버려진 사원에 퍼질러 앉아 있을 때였다.

띨릴릴릴리. 띨릴릴릴리.

어디선가 낯선 기계음이 들렸다. 이곳 풍경과 전혀 어울리지 않는 인공적인 소리. 깜짝 놀라 뒤를 돌아보니 그 소리가 다시 내 등 뒤로 숨었다.

띨릴릴릴리. 띨릴릴릴리.

텅 빈 사원을 기웃거렸지만, 소리는 멀어지지도 가까워지지
도 않고 등 뒤에서 끊임없이 울렸다. 어, 내 배낭이다!

서둘러 배낭을 열고 내용물을 바닥에 모조리 쏟아 냈다. 옥
수수빵, 물통, 생쥐 손목시계, 가슴띠, 위생대, 그런 것들이 우
수수 떨어지고 그 속에서 몸을 떨며 녹색 빛을 깜박이는 물건
을 발견했다. 손전화! 이걸 잊고 있었다니! 나는 황급히 전화
기를 들어 반으로 접힌 기계의 몸통을 폈다. 그제야 떨릴릴릴
리 소리가 멎었다.

"여보세요?"

전화기 너머에서 또렷하게 들려오는 남자의 목소리.

"여, 여보세요?"

내가 조심스럽게 대답했다.

"아, 다행이다. 살아 있었군."

어디서 들어 본 목소리인데…….

"지금 위치를 말해 보라."

날 팔아넘긴 그놈이잖아!

"뭐야, 이 사기꾼아."

"너, 쫓겨났다면서."

"쫓겨나긴 누가 쫓겨나! 당당히 내 발로 걸어 나왔다."

"그냥 조용히 지냈으면 편히 살았을 것을."

"그 입 닥쳐!"

"전화가 왔었다. 돈 내놓으라고 성화더군."

"내가 두 눈 시퍼렇게 뜨고 살아 있는데 느이들끼리 사고팔고 난리가 났구나."

"어드메인지 날래 말해 보라. 데리러 갈 테니."

이 대목에서 나는 정말로 어처구니가 없었다.

"나 참, 왜? 이번에는 또 어디다 팔아먹으려고?"

"거기 그대로 있다간 얼어 죽어. 내가 도와주겠다."

"사람을 바보로 알아도 정도가 있지. 한 번 속지 두 번 속아?"

"……이해한다."

"이해는 개뿔. 칼로 쭉 째기 전에 그 아가리 닥쳐라."

"그렇게 보내고 솔직히 나도 마음이 편치 못했다."

"헛소리 집어치우라. 난 절대로 용서 못 한다. 일생 저주하며 살 거다!"

"저주도 일단은 살아야 할 거 아니겠어. 걸어서는 그 넓은 벌판을 못 빠져 나온다."

"이 버러지 같은 새끼, 다시는 연락하지 마!"

그렇게 외치곤 손전화를 끊어 아무렇게나 바닥에 내동댕이쳤다. 버려진 사원은 고요를 되찾았다. 나는 씩씩거리며 발에 걸리는 대로 흙이며 돌멩이를 걷어찼다.

"개망나니 새끼. 개고기 같은° 새끼. 뒈져, 뒈져, 콱 뒈져라!"

내 괴성이 멀리 퍼져 나갔다. 침묵 속 황야가 한순간 내 소

○ 막되어 먹고 고약한

리로 크게 들썩였다. 하지만 악에 받친 목소리도 대기 중으로 퍼져 스멀스멀 사라지고, 나는 다시 무거운 고요 속에 혼자가 되었다. 정적의 힘은 놀라웠다. 조금 전까지만 해도 화가 치밀어 올랐는데 깊은 고요 속에 갇히자 이번에는 깊이를 알 수 없는 공포가 나를 덮쳤다. 맞부딪쳐 소리를 낼 존재가 없다는 사실이 오줌을 지릴 만큼 무서웠다. 더군다나…… 그 사람 말에도 일리는 있다. 이런 곳에서 살아서 빠져나갈 수 있을까. 나는 완전히 혼자였다. 이제 밤이 깊으면 나는 무방비 상태로 강추위를 견뎌야 한다. 의외로 간단히 죽음을 맞게 될지도 모른다. 남자의 말처럼, 저주하려 해도 살아야 가능하다…….

떨릴릴릴리. 떨릴릴릴리.

전화가 울렸다. 나는 가만가만 손전화 쪽으로 다가갔다.

"여보세요."

그 남자 음성이었다.

"……지금…… 버려진 사원에 있어. 붉은 절벽 위 계단을 따라 올라가면……."

"아, 거기로군. 추울 테니까 안에서 기다리라."

남자는 자기가 하고 싶은 말만 내뱉더니 냅다 전화를 끊어 버렸다.

"뭐야, 이 인간……."

그 순간 하늘을 날던 독수리가 내 키만큼 큰 날개를 펼쳐 급강하해서는 쥐 한 마리를 홱 채어 높이 날아올랐다.

"꺅!"

쥐가 있던 곳에는 옥수수빵이 널브러져 있었다. 독수리가 옥수수빵을 먹는 쥐를 발견하고는 정확하게 낚아챈 것이다. 내가 사는 세상도 딱 이렇다. 언제 어느 때고 약자가 강자에게 잡아먹히는 곳. 어디에나 먹이를 노리는 독수리가 눈에 불을 켜고 하늘을 빙빙 돌고 있다. 나는 바닥에 쏟아진 물건들을 배낭 안으로 밀어 넣으며 생각했다. 방심하면 안 돼. 정신 똑바로 차리자.

똑바로 차리자.

똑바로…….

추워. 추워. 너무 추워. 가만히 있어도 몸이 덜덜 떨린다. 누군가가 다가오는 발걸음 소리가 들린다. 눈을 뜨려 했지만 떠지지 않는다. 몸을 일으키려 했지만 일으킬 수 없다. 춥다, 너무 춥다. 더 둥글게 몸을 꼭 말았다. 나는 이렇게 돌멩이가 되어 버리나. 꽁꽁 언 돌멩이가 되나.

"아빠, 여기야, 여기!"

아빠? 아빠가 날 구하러 왔어? 누군가가 내 몸을 마구 흔든다.

"아빠, 이 언니 죽었어."

어린 여자아이 목소리. 이런 어둡고 무서운 곳과는 도무지 어울리지 않는 새의 지저귐 같은 소리다.

"큰일인데. 온몸이 얼음장이야."

남자 목소리. 그놈이다.

"아빠, 여기 배낭이 있어."

"그래, 언니 배낭 챙겨서 어서 내려가자."

나는 가뿐하게 들어 올려졌다. 어디선가 담배 냄새가 난다. 아빠가 좋아하던 잎담배. 정말 다행이야. 아빠가 왔구나. 눈을 떠서 그리운 아빠를 보고 싶었지만, 앞을 볼 수가 없다. 손가락 하나도 까딱할 수 없다. 자칫하다가는 쨍그랑 소리를 내며 온몸이 부서질 것 같다. 춥다, 너무 춥다. 다 얼었어. 손도, 눈도, 심장도 다 얼었어. 덜덜덜.

딱. 딱. 딱. 나는 내 치아들이 멋대로 아래위로 부딪치는 소리를 들었다.

"조심조심."

딱. 딱. 딱.

"이제 다 왔다."

딱. 딱. 딱.

"어서 안으로 들어가자."

딸깍. 쾅. 딸깍. 쾅.

무언가 닫히는 단단한 금속음이 나더니 부르릉 시동 걸리는 소리가 들렸다. 훈훈한 바람이 아랫배에서 머리 쪽으로, 다시 귓가에서 팔꿈치를 지나 발끝으로 부드럽게 원을 그리며 흘렀다. 누군가가 내 다리를 주물렀다. 더 작은 손을 가진 누군가는 내 팔을 주물렀다. 얼마 후 딱, 딱, 딱 소리가 멎었다. 나는 가만히 눈을 떴다. 머리 위에 달이 비쳤다. 아니, 태양인가. 달이라면 저렇게 눈이 부실 리가 없다.

"이제 정신이 좀 드나?"

그놈 목소리다. 소리 나는 쪽을 돌아보았다.

"이것 좀 마셔 보라."

그놈이 내게 작은 잔을 내밀었다. 아빠가 아니구나. 몹쓸 브
로커였어. 실망이야……. 잔은 따뜻했다. 하지만 손에 힘이 빠
져 잔이 스르르 기울어졌다. 미끄러지는 잔을 남자가 받고 내
목까지 담요를 덮어 줬다. 몸의 모든 기운이 썰물처럼 쭉 빠져
나갔다. 빠져나간 물이 초원의 흙 속으로 흡수되어 다시는 돌
아오지 않을 것 같다. 작은 손이 또다시 내 팔을 주무른다. 나
는 고개를 돌려 그쪽을 보았다. 아홉 살 정도 되어 보이는 귀
여운 여자아이. 넌…… 누구니? 그 순간 스르르 눈꺼풀이 감기
고 입술도 감기고 나는 어두운 허공으로 흩어져 다시는 돌아
올 수 없을 것만 같은 깊은 잠 속으로 빠져들었다.

⚽ 6

"사실은 저, 유학생이 아닙니다."

나와 다른 반쪽의 나라에서 온 두 여성 배낭여행자가 눈을 동그랗게 뜨고 나를 보았다. 끝까지 숨길 생각이었는데 어쩌다 보니 그렇게 됐다. 음식을 잔뜩 시켜 배부르게 먹고는 술까지 한잔했다. 자기로 된 둥근 병 속에서 흘러나온 맑은 술은 도수가 상당히 높아 보였다. 스물 몇 살이라는 두 여성의 주량이 보통이 아니었다. 그들은 내가 당연히 성인이라 생각하고 술을 따라 줬고, 나도 몇 차례 마셔 본 경험이 있는지라 받는 족족 입안에 털어 넣었는데, 그러다 술이 올랐는지 나도 모르게 내 출신을 털어놓게 되었다.

"그럼요?"

"이 나라 소수 민족인가?"

"그것도 아닙니다."

"수수께끼의 남자네."

"그러니까 더 궁금해. 어디 외계에서라도 왔나?"

"하하하, 외계라……. 그것도 말 되네요. 저는 말이죠, 세상의 북쪽에서 왔습니다."

나는 주절주절 멈추지 않고 말을 쏟아 냈다. 술에 취해 어렴풋해진 기억으로는 두 여성이 깜짝깜짝 놀라며 크게 반응을 해 주었던 듯하다. 하지만 속마음은 어땠을까. 나를 괴물처럼 바라봤을까? 나를 두려워했을까? 아니면 이런 시시한 놈하고 밥을 먹다니, 똥 밟았다고 생각했을까?

에라, 모르겠다. 나는 내 앞에 놓인 맑은 술을 한입에 털어 넣으며 내가 10대라는 것, NORTH KOREA 사람이라는 것, 축구를 했다는 것, SOUTH KOREA의 손흥민이 아직도 벽에 붙어 있다는 것, 그리고 이제는 너무 너덜너덜해져서 내 꿈과 함께 형의 사진도 내 인생에서 떼어 내야 한다는 것까지 이야기하고는 펑펑 울었다. 울면서도 내가 이 낯선 사람들 앞에서 왜 울고 있나 싶었다. 하지만 울고 나니 속이 시원했고 기분이 후련했다. 우리는 셋이 얼싸안고 울고 웃었다.

다음 날 새벽, 용 문신 형이 흔들어 깨우는 통에 눈을 떴다. 머리가 깨질 듯이 아팠다.

"아이고, 술 냄새. 무슨 술을 그렇게 마셨어. 음주 경력도 짧은 녀석이."

"……아아. 저 어제, 어떻게 들어왔습니까?"

"나야 모르지. 아침에 일어나니 시체처럼 누워 있던데? 어서 일어나 해장해라."

용 문신 형은 내 팔을 당겨 이불에서 일으켜 세웠다.

"……저, 못 먹겠습니다."

"그럴수록 꾸역꾸역 밥을 밀어 넣어야 속 안 버려. 마침 말라비틀어진 북어가 있기에 북엇국 끓였다."

밥상 위에는 김치와 북엇국, 쌀밥 한 공기가 놓여 있고, 다른 형들도 정신없이 밥을 먹고 있었다.

"일단 먹고 다시 자. 오늘은 너 아프다고 내가 말해 줄 테니까."

"……아, 아닙니다. 일어나야죠. 제가 없으면 형들이 고생인데."

우선 화장실에 다녀오려고 벌떡 일어서는데 갑자기 속에서 구렁이 한 마리가 꿈틀대는 것 같더니 뭔가가 올라오는 듯했다. 나는 서둘러 화장실로 달려가 변기를 붙들고 구렁이를 몇 마리나 토해 냈다. 술이란, 정말 몹쓸 것이로구나.

아아, 그나저나 어제 그 여성들하고 어디서 헤어졌더라? 인사는 했던가? 어디까지 얘기했지? 기억에 드문드문 큰 구멍이 뚫려 버렸다. 도망자 주제에 공공장소에서 모르는 사람들한테 그런 말을 꺼내다니. 정신이 어떻게 되었나. 술이란, 정말 무서운 것이다. 어푸어푸 찬물로 세수했다. 정신이 번쩍 들었다. 화장실을 나가자마자 아침 식사를 하는 형들 앞에서 선언했다.

"형님들, 저 다시는 술 안 할 겁니다!"

형들은 피식거렸지만 나는 그렇게 다짐하고서는 북엇국을 한달음에 꿀꺽꿀꺽 삼켰다. 문득 어머니가 끓여 주던 국 생각이 났다. 그 생각들도 찢어진 북어들과 함께 목구멍 뒤로 벌컥벌컥 삼켰다.

~~~~~

수요일 오전은 한산했다. 여전히 속이 울렁거렸지만, 구렁이는 사라지고 없었다. 나는 대걸레로 바닥을 닦으며 선반에 비뚤게 놓인 물건들을 차례로 정리했다. 상품들의 홍수다. 이렇게 많은 물건을 누가 만들고 누가 사는지 몰라. 쓸데없는 생각을 하며 걸레질하고 있는데,

"광민아."

누군가 내 이름을 불렀다.

"어, 누나들."

어제 만난 배낭여행자들이었다. 오늘은 둘이 나란히 나를 찾아왔다. 이분들, 술 정말 잘하시네. 아침부터 화장도 말끔하게 하고 숙취 따위는 전혀 없어 보인다.

"어제는 잘 들어가셨습니까?"

"왜 갑자기 존댓말이야. 어제 우리 말 놓고 친구 하기로 했잖아."

"아, 제…… 제가요?"

"어머, 기억 못 하는구나. 간밤엔 반말하고 장난치고 그러더니."

아아, 대체 내가 무슨 짓을 한 거지?

"혹시…… 제가 무슨 실수 안 했습니까? 기억이 드문드문해서리."

"실수 안 했어. 걱정하지 마."

"그보다, 우리가 어제 네 얘기를 듣고 이것저것 인터넷을 뒤져봤거든."

"예? 그렇게 술을 드시고 뭘 알아보시기까지……."

"너 같은 애들이 우리나라에 꽤 많이 산다는 정보를 알아냈어."

"대학도 무료로 보내 주고."

"대학교를요?"

"응, 살 집도 준대."

"집까지요?"

"돈도 좀 주는 것 같지?"

"응. 많지는 않겠지만."

"무엇보다 중요한 건, 국민으로 인정해 준다는 거지."

"그래, 신분증도 나온대. 우리랑 똑같이. 그러니까 더 이상 숨어 살지 않아도 돼."

두 여성은 주거니 받거니 쉴 새 없이 말을 쏟아 내고는 반짝이는 눈망울로 내 눈을 들여다보고 섰다. 다른 반쪽의 나라에서 나를 받아 준다고? 그 나라에서, 그 나라 국민처럼, 안심하고 살 수 있다고? 그게 정말이라면, 나도 이 누나들처럼 세상 어디든 배낭 하나 달랑 메고 여행할 수 있다는 얘기다. 비행기든, 열차든, 버스든, 당당하게, 화장실에 숨지 않고, 제복을 입은 사람들로부터 도망 다니지 않고. 나의 형, 소니의 나라에서…….

"저기 그럼, 흥민이 형도 볼 수 있을까요?"

"뭐? 손흥민?"

"네!"

"종종 와서 경기도 하니까 만나려면 만날 수도 있지."

"정말입니까?"

"그렇다니까."

나는 대걸레를 집어 던지고 두 누나를 한꺼번에 와락 껴안았다.

"하하하, 애 좀 봐."

"그렇게 좋니?"

"대…… 대단합니다!"

누나들, 이건 좋은 정도가 아니에요. 갑자기 제 꿈이 이루어진 거라고요. 하룻밤 사이에.

"하지만 우선은 이 나라 남쪽 산을 넘어야 해."

"그 산이 아주 험하대. 그 산을 넘고 남쪽의 강을 건너서 중

립국에 도착하면, 거기서 남한 대사관을 찾아가. 'SOUTH KOREA EMBASSY'로. 그럼 널 우리나라로 데려갈 거야. 거기서 처음부터 네 인생을 새로 쓰면 돼."

나는 손이 떨렸다. 기쁜 흥분이 배어 있는 떨림이었다. 맨 처음 나에게 말을 걸었던 단발머리 누나가 배낭 안에서 흰 종이를 꺼내 건넸다.

"남쪽 산이 있는 마을까지 가는 경로를 게스트 하우스에서 프린트해 왔어. 여기 나온 대로 따라가면 될 거야."

"그리고 이건 어렵게 구한 건데……."

이번엔 다른 누나가 작은 쪽지를 내밀었다.

"남쪽 산을 넘게 해 주는 브로커래. 여기로 전화해 봐. SNS에서 수소문해서 너하고 비슷한 경로로 넘어온 사람을 찾아 구한 정보니까 아마 맞을 거야."

아니, 하룻밤 사이에 어떻게 이런 정보를 구한 거지? 놀라서 혀가 내둘러졌다. 이 누나들, 천재인가?

"그런데 저한테…… 왜 이렇게 잘해 주십니까?"

두 사람이 서로 얼굴을 마주 보고 웃더니 말했다.

"어제 네 이야길 듣고 남 일 같지 않았어. 너랑 또래인 남동생이 있거든."

"넌 네 발로 직접 너만의 길을 개척하는 중인 거야. 프리덤 로드랄까. 어쩌면 우리도 그런 삶을 살고 싶어서 이렇게 배낭 여행을 떠나온 거고."

프리덤 로드……. 어쩐지 잉글랜드 축구팀 이름 같네. 내 발로 자유를 찾아 나서는 나만의 길. 누나들의 등 뒤에서 희망의 빛이 드리워지는 기분이었다. 갑자기 뭐든 할 수 있을 것 같았다. 누나들이 준 종이를 손에 꼭 쥐는데, 가슴속에 뜨거운 태양이 떠오르는 것만 같았다.

6

빵은 딱딱했다. 한입 베어 무니 모래처럼 부서지며 입안 가
득 까끌까끌한 알갱이가 씹혔다. 맛도 모르고 물을 삼켜 가며
마른 빵을 불려 끼니를 때웠다. 따로 준비된 식수가 없어서 수
돗물을 받아 마셨다. 비릿한 냄새가 났지만 이것저것 따질 처
지가 아니다.

"밥은 없소? 생전 안 먹던 빵만 먹으려니 속이 부대끼오."

내 옆에서 빵을 뜯던 중년 아저씨가 멸치처럼 생긴 브로커
에게 말했다. 목에 금줄을 늘어뜨린 멸치는 방에 있는 사람들
에게 마른 빵을 나눠 주고 있었다.

"없어요, 없어. 다들 국경 건너고 나서 각자 먹고 싶은 걸 먹
든지 말든지 하시오."

멸치는 거만한 말투로 손사래를 쳤다.

"쳇. 여기까지 오느라 돈을 얼마나 썼는데 린색하기° 짝이

없군."

"절이 싫으면 중이 떠나라고 했습니다. 싫으시면 지금 나가세요."

밥을 요구한 아저씨는 벽을 보고 휙 돌아누웠다. 이번에는 저쪽 구석에서 아기를 안고 있던 한 아주머니가 물었다.

"이 좁은 방에서 새우잠을 잔 지 벌써 사흘째요. 도대체 언제 떠나오? 몸이 말째서° 죽겠소. 우리 아기 눈도 떼꾼하고."

멸치는 우리를 죽 둘러보며 머릿수를 셌다.

"어디 보자. 하나, 둘, 셋, 넷…… 총 아홉 분 모였네요. 세 명만 더 모이면 꿈에 그리던 나라로 출발합니다. 정원이 열두 명인 배다 생각하시고 다 같이 기도라도 하면서 기다리세요. 어이, 거기. 창문 열지 말라니까. 여기 수상한 사람 모였다고 동네방네 소문내고 싶어요? 아시겠지만 밖으로 나가도 절대 안 됩니다. 단속이 심해서 누가 신고라도 하면 다 잡혀가는 거예요. 쥐 죽은 듯이 조금만 참아요, 예?"

빵을 다 나눠 준 멸치는 그 말을 남기고 밖으로 나가 버렸다. 방 안에 정적이 흘렀다. 잡혀간다는 말에 다들 긴장한 기색이다. 여기까지 어떻게 왔는데 지금 잡혀갈 수는 없다. 자유가 코앞이다.

"혼자 왔습니까?"

○ 인색하기
○ 찌뿌드드해서

아까 창가에 서서 창문을 열다가 한 소리 들은 녀석이 내 옆으로 앉으며 말을 걸었다. 나는 고개를 끄덕였다.

"나도 혼잔데 답답해 죽겠네요. 나가지도 못하고 창문도 못 열게 하고."

대답 대신 녀석을 찬찬히 뜯어보았다. 그저께 혼자 들어왔는데 나이는 나랑 비슷한 또래 같고, 서글서글한 인상에 키가 훤칠했다. 몸이 딴딴한 걸 보면 고향에서 운동이라도 한 모양이지? 이런 녀석과 친구가 된다면 위급할 때 도움을 받을 수 있을지도. 나는 벽장 속에서 혼자 이런저런 상상으로 세상을 보던 버릇대로 아직 일어나지도 않은 일까지 머릿속으로 그려보며 먼저 손을 내밀었다.

"내 이름은 김여름. 열여섯 살. 만나서 반갑다. 친하게 지내자."

"어, 어. 나랑 한동갑이네. 반갑다. 내 이름은 한광민."

광민이가 악수하며 덧붙였다.

"어, 음, 요즘은 남이나 북이나 여성분들이 다들 직통배기°네."

"뭔 소리야?"

"아, 아무것도."

"그나저나 너 운동했니?"

° 직설적인 사람

"어, 어떻게 알았나?"

"몸에 쓰여 있다. 무슨 운동인데?"

"어, 음, 축구."

"무슨 축구 선수가 그렇게 말을 더듬어? 어, 음, 없으면 말 못 하니?"

"어, 음, 아닌데……. 여름이 너, 무섭네."

"하하하."

밥 달라고 투정 부리던 아저씨가 벌떡 일어나더니 광민에게 말을 건다.

"학생, 축구 선수야?"

"아, 어, 음, 지금은 아니고요……."

"나도 왕년에 공 좀 찼거든. 동네에서 신동이라는 소리도 많이 들었지. 국가대표로 세계 대회 참전해서 양놈들 코를 납작하게 해 주려고 했는데 말이야. 남쪽에 가면 나도 축구를 다시 해 볼 생각이거든……."

투덜거리던 아저씨는 신이 나서 혼자 떠들어 댄다. 어제는 천둥 같은 코골이 소리로 내 잠을 빼앗더니, 오늘은 자기 자랑으로 모처럼 생긴 친구도 빼앗아 간다. 그래도 아저씨 수다 덕에 서먹서먹하던 공기에 생기가 돌았다. 땟국물과 피곤이 줄줄 흐르는 얼굴로 온종일 드러누워 벽이나 천장을 보며 시간을 흘려보내다가, 그래도 저마다 가지고 있던 꿈들을 조금씩 이야기하니 두렵고 우울했던 공간이 살짝 밝아진 느낌이다.

어느덧 기분 좋은 기대감으로 방 안이 활기를 띠어 가던 무렵, 현관문 열리는 소리가 났다.

"자, 이리 들어가시고."

멸치가 일행을 더 데려온 모양이었다. 사람들은 하던 말을 멈추고 일제히 고개를 돌렸다. 세 명만 들어와라, 세 명만 들어와라. 다 같이 마음속으로 그렇게 빌며.

멸치의 뒤를 따라 성인 남자가 들어오고, 어린 여자아이가 들어오고, 그 뒤에 들어온 건 내 또래…… 어, 저 애는 그때 트럭에서 같이 뛰어내린…….

"와! 다 모였다."

"열두 명이야!"

"박수!"

사람들이 새로운 일행의 등장에 흥분하며 손뼉을 쳤다.

"조용히, 조용히. 이보세요. 다들 미쳤습니까? 다 같이 잡혀가고 싶어요?"

멸치의 협박에도 사람들은 저마다 기쁨의 환호성을 질렀다. 할머니를 모시고 온 어느 부부는 여기 보름이나 갇혀 있었으니 오죽 좋을까.

하지만 나는 다른 무엇보다 여기서 설이를 만났다는 게 놀라웠다. 무사했군. 나의 탈옥 동지. 너도, 살아서 강을 건넜구나.

그 순간 설이도 나를 보았다. 토끼처럼 눈이 동그래지더니 곧장 내게 달려들어 냅다 목을 껴안았다. 옆에 있던 광민이가 덩달아 눈이 동그래져서는 우릴 봤다. 나도 설이의 몸을 안았다. 언젠가 감옥에서 안았을 때보다도 더 마른 것 같다.

"언니, 누구야?"

설이 뒤에 서 있던 여자아이가 묻는 소리가 들렸지만, 우리는 한동안 그대로 있었다. 여기저기 사람들이 웅성웅성하는 소리가 들렸다.

"자, 여기는 무슨 이산가족 상봉쯤 되나 본데, 아직 끝난 거 아니니까 진정들 하시고."

멸치가 금줄을 출렁이며 우리를 갈라놓았다.

"드디어 열두 명이 모였습니다. 만선이에요. 여기까지 오시느라 고생 많았고, 오늘 밤 해가 지면 출발하겠습니다. 일단은 푹 쉬고 계세요. 끔찍이 먼 여행이 될 테니까요."

"뭘 타고 갑니까?"

한 아주머니가 묻자 멸치가 대답했다.

"도로가 난 곳까지는 차를 타고 갑니다. 도로가 끊기면 걸어갑니다."

"얼마나 걷지요?"

이번에는 한 아저씨가 묻는다.

"하룻밤이면 됩니다. 새 나라 새 국적 얻고 다시 태어나는 마당에 하룻밤 걷는 것쯤 문제없지요. 내일 해가 떠오르면 여러분 모두 신세계 입성입니다, 신세계 입성."

"길이 험하지는 않습니까?"

할머니가 물었다.

"애들 놀이터도 아니고 당연히 험하지요. 산도 있고 밀림도 있고 늪도 있고 아주 깊은 강도 건넙니다. 짐은 최대한 줄이셔야 합니다. 할머니, 싸매고 오신 이불은 여기 두고 가세요. 떠메고 가다가 이불에 깔려 죽습니다. 여기서는 각자 살아남아야 합니다. 힘들다고 뒤처지고 그러면 아무도 기다려 주지 않아요. 특히 어린이 데리고 오신 분들, 중간에 칭얼거려서 발각되는 일 없도록 주의하십시오."

설이와 함께 온 여자아이가 설이의 팔을 꼭 움켜쥐었다.

"이거는요? 이 짐도 큰가요?"

"가다가 코집 틀리면° 도와주지요?"

"저희 아버님은 다리가 편찮으셔서 산을 못 타는데 어찌합니까?"

사람들은 저마다 손을 들고 질문을 해 댔다.

"몰라요, 몰라. 가 보면 압니다, 가 보면 알아요."

멸치는 하나하나 대꾸하기 귀찮았는지 도망치듯 자리를 떠났다.

"쳇, 평생 모은 돈 떼먹은 거치고는 일하는 게 형편없구먼."

누군가 뒤에서 푸념했지만 아무렴 어떤가 하는 심정으로 나는 설이 손을 끌고 위생실로 들어갔다.

○ 문제 생기면

"어떻게 여기까지 왔니?"

"너부터다. 그동안의 켜속°을 다 말해 보라."

우리는 위생실 안에서 마주 보고 앉아 그동안의 이야기를 나누며 한참 수다를 떨었다. 할머니가 바깥에서 문을 두드리며 "싸겠어, 어여 나와!" 하고 면박을 주지 않았더라면 밤새도록이라도 대화를 나눴을 것이다.

〰〰

짙은 어둠이 내렸을 때, 우리 열두 명은 멸치를 따라 신속하게 밖으로 나갔다. 이불을 지고 온 할머니는 마지막까지 미련을 버리지 못했지만, 산에서 쓰러져도 아무도 구해 주지 않을 거라는 멸치의 말에 결국 포기하고 말았다. 젊은 사람들은 꾸역꾸역 짐을 이고 지고 갔다. 나와 설이와 광민이는 가족도 없고 짐도 없이 단출했다. 앞으로 우리 셋이 똘똘 뭉쳐서 해 나가면 뭐든 할 수 있을 것만 같았다. 무너져 내릴 듯 허름한 건물 앞에 검은색 승용차 두 대가 세워져 있었다.

"자, 인원이 많으니 두 조로 나누어서 타겠습니다."

멸치의 말에 뒤쪽에 서 있던 나는 자연스럽게 뒤차에 타려했다.

○ 속사정

"아니야, 난 설이 언니랑 같이 탈 거야."

설이와 함께 온 여자아이가 뒤차로 가려는 설이의 손을 잡으며 보챘다. 그러는 사이 사람들은 착착 차에 올라탔다. 광민이가 뒤차에 오르고 나도 따라 타려는데 설이가 어쩔 줄 모르고 서 있었다.

"설아, 어서 타."

나는 설이와 헤어지기 싫어서 재촉했다. 그러자 앞차 쪽에 있던 여자아이의 아빠처럼 보이는 남자가 다가와 딸아이를 달랬다.

"산에 도착하면 다시 만날 거래도 그런다."

그래도 여자아이는 설이의 허리를 꼭 안고 놓지 않았다. 그러자 설이가 여자아이를 꼭 껴안았다.

"차만 따로 타는 거야. 금방 만나서 언니가 아까 다 못 한 콩쥐팥쥐 이야기 해 줄게."

"진짜지?"

"그럼, 진짜지."

그제야 여자아이는 아빠를 따라 앞차로 가고, 설이가 마지막으로 뒤차에 올랐다. 여섯 명이 작은 차에 끼어 타니 너무 비좁아 서로 엉덩이를 딱 붙여야 했다. 차 안은 사람 냄새와 온기와 두려움으로 꽉 차 창문에 서리가 끼었다. 차가 어둠 속으로 출발했다. 우리 중 누구도 그 어둠의 끝을 알지 못했다.

❄ 7

차는 컴컴한 산길을 덜컹거리며 나아갔다. 작은 자동차 안에서 만두소처럼 한데 버무려진 우리는 통째로 거대한 짐승의 입속에 빨려 들어가는 듯했다. 뾰족한 나뭇가지가 창문을 때리고 키 높이 자란 풀들이 바퀴를 감싸안았을 때, 차가 덜덜거리며 멈춰 섰다.

"내리십시오."

운전자가 말했다. 앞차는 도착했나? 향이는 안 울고 잘 왔겠지? 착한 아이니까. 솔직히 처음엔 향이 부녀를 죽을 만큼 원망했다. 말도 안 통하는 깡촌에 날 팔아넘기려 한 걸 생각하면 아무리 쌍욕을 해도 시원치 않다. 하지만 어쨌든 결국은 내 목숨을 구해 줬다. 그때 향이 아빠가 향이와 함께 날 구하러 오지 않았더라면, 난 그 버려진 사원에서 별이 되었을 것이다.

향이 부녀와는 내몽골에서 이곳 쿤밍까지, 일주일 가까이 자동차 여행을 하는 동안 조금씩 친해졌다. 향이 엄마가 작년에 돌아가셨다는 것, 향이 아빠는 내몽골에서 무역 관련 일을 했는데 본국에서 갑자기 귀국하라는 통보를 받았다는 것, 하지만 들어가면 무슨 죄목을 씌워 못살게 굴지 알 수 없었고 또 향이 장래를 위해 남쪽으로 도망치기로 했다는 것, 때마침 들어온 일이 브로커였고 돈에 눈이 멀어 나를 팔기로 했다는 것, 그러나 결국 나를 데리고 함께 떠나기로 마음먹었다는 것 등의 이야기를 시시콜콜 다 들었다.

그사이 아홉 살 향이는 내 옆에 딱 붙어 있었다. 내 무릎을 베고 잠을 자기도 하고, 둘이 같이 들판에 숨어 오줌도 누고, 우연히 나무 위로 올라갔다가 하얗고 귀여운 새알을 구경하기도 했다. 살면서 처음 여동생을 얻은 기분이었다. 그런 향이가 곁에 없으니 제일 먼저 걱정이 된다. 잘 왔겠지. 먼저 와 있겠지. '언니!' 하고 날 부르며 달려오겠지.

누군가가 차 문을 열었다. 휙. 산바람이 차 안으로 밀고 들어왔다. 남쪽 나라 쿤밍은 영원한 봄의 도시라고 향이 아빠가 그랬다. 엄마가 사 준 귀한 모직 외투가 거추장스럽게 느껴졌다. 우린 고치에 갇혀 있던 애벌레처럼 구겼던 몸을 조금씩 펼치며 세상 밖으로 나왔다. 덤불로 우거진 숲이었다. 누가 먼저 만들어 놓은 길 따위는 없었다.

"길은 없습니까?"

누군가가 물었다.

"길이 있다면 길목마다 누가 지키고 섰겠지요."

운전자가 간단히 답했다. 사람들은 순응했다. 잡혀가기보다
야 험한 산을 넘는 편이 낫다. 우린 야생 동물처럼 어두운 숲
을 헤치며 스스로 길을 만들어 가야 한다. 다행히 여름과 나는
경험이 있다. 한밤의 산을 넘은 경험. 그래도 이 산은 그때 그
고향 산보다 더 우거지고 습하다. 잡풀은 허리까지 올라왔고,
나무는 꼭대기까지 빼곡 들어차 하늘을 가렸으며, 넝쿨이 얽
히고설켜 기괴한 조형을 이루었다.

"자, 갑시다."

운전자 말에 따라 사람들은 빠르게 숲속으로 들어섰다.

"잠깐만요!"

내가 움직이는 사람들의 발걸음에 제동을 걸었다.

"향이가 탄 차가 아직 안 왔는데요. 우리보다 앞서 출발한
차 말입니다."

이미 어둠의 숲 안으로 들어간 운전자는 내 시야에서 사라
졌다. 이윽고 메아리처럼 이 대답만이 들려왔다.

"그 차는 딴 길로 갔습니다."

나는 당황했다. 향이가 날 찾을 텐데. 나랑 같이 산을 넘기
로 했는데. 내가 재미있는 옛날이야기를 많이 들려주기로 했
는데. 이러면 곤란한데.

"설아, 일단 저 사람들 따라가자. 그 애는 산을 넘어서 나중
에 만날 거야."

여름의 말에 광민이 맞장구쳤다.

"맞다. 이 무시무시한 산 좀 봐라. 여기서 우리끼리 길을 잃으면 인차° 사자나 호랑이 밥이 될 거다."

"요즘 산에 사자나 호랑이가 어디 있니?"

"왜 없어. 어디 한번 물려 볼래? 어흥!"

긴장을 달래려고 장난치는 아이들이 야속하게만 느껴졌다.

"날래날래 와요!"

먼저 간 아주머니가 외치는 소리가 들렸다. 다른 사람들은 이미 숲속으로 사라져 보이지 않았다. 나는 덜컥 겁이 났다.

"어서 가자."

사람들이 들어간 숲길로 광민이 앞장서고, 광민의 뒤에 여름, 여름의 뒤로 내가 뛰어들었다. 그래, 향이는 이 산을 넘으면 만날 수 있겠지. 그때 꼭 안아 주자. 정말로 신기하다. 그렇게 죽어라 욕하고 저주했던 사람들인데, 왜 이렇게 걱정이 되고 그리울까. 아무튼 우선은 이 산을 넘는 데만 집중하자. 선두의 운전자가 낫으로 우리 앞에 가로막힌 넝쿨을 끊어 주어 그나마 수월했다. 여럿이 함께 한밤의 산을 넘으니 탈출이 아니라 모험이라도 떠나는 분위기가 감돈다.

"다른 조는 어느 길로 갔을까?"

앞서가던 아주머니가 말했다.

○ 이내

188

"이 길보다는 쉬울 거 같은데?"

아저씨가 대꾸했다.

"앞차에 탈걸 그랬네. 이렇게 힘들어서리 끝까지 가겠나."

할머니가 투덜거렸다.

그럴까? 그 길이 더 편할까? 그렇다면 다행이다. 향이가 무서워하지 않고 이 산을 무사히 넘기를. 그나저나 여긴 밤에도 찌물쿠다°. 내몽골에서는 겨울에 출발했는데 쿤밍에 오니 여름이다. 산을 오르는 길 여기저기에 사람들이 벗어 던진 넝마 같은 옷들이 걸려 있었다. 땀이 줄줄 흘렀다. 나도 이미 외투를 벗어 어깨에 떠멘 참인데 그것만 해도 힘에 부쳤다. 할머니에게 이불을 버리라고 했던 건 옳은 충고였다. 하지만 나는 엄마가 선물한 소중한 외투를 차마 버릴 수 없었다.

얼마나 산을 올랐을까. 세 시간? 네 시간? 다섯 시간? 아직 사위는 캄캄하다. 사품치는° 계곡물 소리가 들렸다. 물살이 꽤 센 모양이다. 한밤의 물은 흙보다 더 새까매 깊이를 알 수 없었다. 우리는 주저하지 않고 계곡으로 뛰어들었다. '미끄러우니까 조심해!' 앞에서 누군가 소리쳤다. 첨벙! 누가 물에 빠지는 소리가 들렸다. '사람 살려!' '잡아, 잡아.' 저 앞에서 소란이 벌어졌다. 발끝에 더욱 힘을 주고 나도 계곡 속에 발을 담갔다. 거센 물살이 허벅지까지 차올라 날 쥐고 흔들었다. 이를 악물

○ 무덥다
○ 세차게 흐르는

189

었다. 앞에 광민이 서 있었다. 가장 물살이 센 곳에 서서 여름을 먼저 보내고 내 손을 잡았다.

"고마워."

내가 광민의 손을 잡으며 말했다.

"조심, 조심."

참 든든한 친구다. 무사히 흙을 밟고 올라섰을 때였다.

"어, 엄마가 준 외투가⋯⋯."

거센 물살에 휩쓸려 가고 말았다. 소중한 것들은 이렇게 내게서 떠나가는구나. 물건은 가고 마음만 남았다. 불에 탄 구리 반지의 형체는 녹아 사라졌어도 엄마의 마음은 손에 새겨져 나와 하나가 되었듯이. 그걸로 족하다고 생각하자. 나는 지금까지처럼 뒤돌아보지 않고 앞으로 계속 나아갔다.

계곡을 지나니 산은 더 가팔라졌고 흙은 더 미끄러웠다. 대신 나무들 키가 조금씩 작아져 하늘이 열리기 시작했다. 저 멀리 어스름하게 동이 터 왔다. 온밤 내내 산을 넘은 것이다. 밤 동안 접혀 있던 햇살의 귀퉁이가 먼 하늘에서 조금씩 펼쳐지는 광경에 괜스레 마음이 따뜻해졌다. 사람들은 모두 잠시 멈춰 서서 넋을 잃고 그 풍경을 바라보며 땀을 닦았다.

"저는 여기까지입니다."

운전자가 들고 있던 낫을 옆의 아저씨에게 쥐여 주었다.

"여기서부터는 당신이 길을 내십시오. 저기 저 강가로 쭉 따라가면 됩니다."

"끝까지 같이 가 주면 안 됩니까?"

한 아주머니가 부탁했다.

"여기서부터는 별로 어렵지 않습니다. 강가로 가면 작은 배가 한 척 있을 겁니다. 뱃사공하고 말은 안 통하겠지만 우리가 미리 포섭한 사람이니 걱정하지 말고 데려가는 대로 몸을 맡기십시오. 강에는 악어가 사니까 물속에는 손 넣지 마시고."

"세상에, 여기까지 와서 악어 밥이 될 수야 없지."

사람들이 경악했다.

"강을 다 건너면 '사우스 코리아 엠버시'로 가자고 하면 됩니다. 명심해야 할 것은 꼭 '사우스'라고 해야 해요. 그냥 '코리아 엠버시'라고 하면 당신들이 힘들게 떠나온 고향으로 되돌아가는 수가 있으니까."

"뭐라고요? 참말로 가도 가도 끝이 없네."

"사우스, 사우스, 사우스. 외워요, 외워. 사우스 코리아, 엠…… 뭐더라?"

사람들은 두려움에 떨며 보이지 않는 미래의 길을 궁금해했지만, 나는 다른 게 더 궁금했다.

"향이는요? 앞차는요? 산을 넘으면 만난다고 했잖아요."

"……."

운전자는 갑자기 입을 다물었다.

"왜요? 어디로 갔어요? 그 사람들은 지금 어디에 있어요?"

나는 운전자의 팔을 붙들고 흔들며 물었다.

191

"이거 놓으십시오! 우리도 어쩔 수 없어서 그런 거니까."

"어쩔 수 없다니?"

"당신들이 여기까지 살아 온 것도 다 그 사람들 덕분이에요. 그러니 고맙습니다, 하고 그 사람들 몫까지 행복하게 사시오."

"그, 그게 무슨 소리예요?"

"공안이 우리 일을 다 알아요. 반은 눈감아 줄 테니, 반은 보내라. 안 그러면 다 잡아가겠다. 그렇게 나온다고요. 겨우 설득해서 여러분들 반은 살았으니 그런 줄 알고 가시오."

운전자는 재빨리 말을 마치고는 왔던 길로 사라져 버렸다.

"······아, 안 돼."

나는 다리에 힘이 풀려 그 자리에 주저앉고 말았다. 향이, 우리 향이 불쌍해서 어쩌지. 그 아홉 살짜리가 무슨 꼴을 당하려나. 어쩌지, 어쩌지, 어쩌면 좋지. 내가 저주를 퍼부어서, 둘 다 죽어 버리라고, 고통스럽게 죽으라고 빌고 또 빌어서, 그래서 나 때문에, 잡혀간 거야······. 뺨으로 뜨거운 것이 주르륵 흘러내렸다. 여름도, 광민도, 다른 사람들도 한동안 충격에 빠져 멍하니 그 자리에서 움직이지 못했다.

⚽ 7

형, 그거 알아요? 도마뱀은 도망칠 때 자기 꼬리를 자른다는 거. 잘린 꼬리는 적을 유인하기 위해서 자기가 진짜인 양 폴짝 폴짝 춤을 춘다는 거. 처음에 도마뱀을 잡으려고 꼬리를 건드렸다가 그 모습을 봤을 때는 깜짝 놀라기도 하고 귀여워서 웃음이 절로 났는데, 나중에는 눈물이 와락 쏟아졌어요. 이 작고 귀여운 도마뱀도 이토록 살고 싶어 하는구나. 살아야겠다고 아우성을 치는구나.

내 몸의 어떤 부분을 잘라서라도 살자, 살아야 한다. 저도 그런 생각으로 여기까지 온 것 같아요. 나는 어머니를 잘라 냈습니다. 나를 낳아 주고 길러 준 어머니를. 우리 어머니는 지금쯤 어디에 있을까요. 살아는 있을까요. 이 나라는 도마뱀이 정말 많아요. 지금도 벽에 열 마리쯤 붙어 있는데, 구석구석 뒤지면 백 마리도 찾을 수 있을 거예요. 다들 조용히 붙어 있지만 저한테는 살자, 살아야 한다는 외침이 쟁쟁하게 들립니다. 형, 저도 살아야겠죠. 그래야겠죠. 가끔은 왜 살아야 하는지 모르겠다는 생각이 들어요.

수용소에 갇힌 지 벌써 석 달입니다. 형한테 띄우지 못할 편지를 쓰는 것도 한 달이 지났네요. 태어나서 처음 겪어 보는 무더위예요. 삼복더위 저리 가게 푹푹 찝니다. 아무것도 하기 싫고 몸이 엿가락처럼 축축 늘어집니다. 너무 심심하니까 어떤 사람들은 몰래 담장을 넘어 바깥 구경을 다녀오기도 해요. 어제는 어떤 아저씨가 노스 코리아 엠버시로 갔다가 영영 돌아오지 못하게 되었다는 이야기를 들었습니다. 사우스 코리아라니까. 그 고생을 하면서 이 먼 나라까지 와서 죽으러 되돌아가는 사람들 마음도 생각해 보면 참 안 됐어요. 할 수만 있다면 도마뱀처럼 손발이라도 잘라서 도망치고 싶겠죠. 하지만 안타깝게도 인간에게는 그런 기술이 없어요. 그저 슬픈 기억을 잘라 내는 정도가 고작이죠.

전 되도록 어머니와 아버지에 대한 기억을 잘라 내려고 합니다. 지금은 마음이 아파서 가족을 생각하는 것조차 저에겐 괴로움입니다. 그래서 대사관분들이 영어 공부하라고 주고 간 공책에 저의 유일한 기쁨인 형에게 편지를 쓰기로 했어요. 설이는 일기를 쓴다고 하고, 여름이는 앞으로 무엇을 하며 살지 계획을 적는대요.

글을 쓴다는 건 참 신기해요. 저도 몰랐던 제 마음을 다 털어놓게 돼요. 그렇게 쏟아 내고 나면 머리가 맑아지면서 복잡했던 것들이 하나둘씩 정리가 되는 기분이에요. 형의 사진은 이제 거의 다 찢어져서 7이라는 숫자만 남았습니다. 이 공책 맨 앞장에 붙였죠. 형의 얼굴은 없지만 괜찮아요. 제 마음속에는 선명히 보이니까. 애들은 '7의 공책'이라고 부르지만, 그게 무슨 뜻인지는 얘기 안 해 줬어요. 저도 비밀 하나쯤은 있어야 하잖아요. 형과 나, 우리 둘만의 비밀. 사실은 오늘도 죽고 싶다고 생각했어요. 어떻게 하면 고통스럽지 않게 죽을까. 뒷마당 야자수 꼭대기로 기어 올라갔다가 떨어지면 목뼈가 부러질까. 그럼 한 번에 죽을 수 있을까. 죽으면 어머니를 볼 수 있을까. 죽으면 형은 못 만나겠죠. 나의 소니. 나의 꿈.

여기에서 시간은 연기처럼 흘러요. 어쩌면 시간이 존재하지 않는 곳인지도 모르죠. 분명 해는 뜨고 달은 지고 꽃도 피고 비도 오는데 제 삶에는 아무런 변화가 없습니다. 무의미한 시간. 무(無)의 시간. 이 안에서 우리가 할 수 있는 일은 거의 아무것도 없어요. 내가 누구였는지, 어쩌다가 여기까지 왔는지도 가물가물하고, 이 공책에 붙은 7이라는 숫자만이 어렴풋이 나의 꿈을 떠올리게 해 줍니다. 내 다리는 아직 공을 차던 감각을 기억하고 있는데 이 세상 누구도 나를 기억하지 못하겠죠. 그래도 설이와 여름이는 날 기억할 거예요. 나도 형처럼 많은 사람이 기억하는 선수가 되고 싶었는데, 이젠 그럴 수 없게 되었어요. 아니면 혹시라도 나에게 아직 가능성이라는 게 남아 있을까요. 아니요, 그럴 리가 없죠. 전 끝이에요. 아마도 평생 여기에서 벗어나지 못할 거예요. 곧 온다, 곧 온다, 하는 비행기도 오지 않고, 다들 우릴 잊은 게 분명해요. 우린 모두 잊힐 거예요. 연기처럼 사라질 거예요.

그나마 여기서 견딜 수 있는 건 마음이 통하는 친구가 생긴 덕분입니다. '눈'과 '여름'이라니. 이름만 들으면 둘이 상극일 것 같은데 아주 찰떡처럼 붙어 다녀요. 밥도 같이 먹고, 잠도 같이 자고, 화장실도 같이 가고. 밥은 저도 같이 먹지만, 잠은 남자들이랑 따로 자고, 화장실도 물론 저 혼자 갑니다.

설이는 키가 작지만 귀엽고 말투는 좀 거칠어도 속마음은 여린 애예요. 쿤밍에서 산을 넘을 때 고생 좀 했죠. 향인가 하는 아이가 잡혀가 북송될 거라는 말에 혼이 나가서 제가 업고 가야 했어요. 자기가 죽인 거라고, 자기 저주 때문에 죽는 거라고, 요즘도 계속 헛소리해서 걱정입니다. 그 말을 들을 때마다 너 때문이 아니라고, 네가 무슨 마녀라도 되냐고 했지만, 자기가 정말로 마녀래요. 불의 마녀라나 뭐라나. 하긴 그런 지옥을 건너온 우리니까 정신머리가 제대로 남아나기는 쉽지 않죠. 그래도 옆에서 끊임없이 얘기해 줄 거예요. 너 때문이 아니라고. 우리 어머니는 저 때문에 죽었을까요. 맞죠. 나 때문이죠. 내가 쓸데없이 형처럼 되고 싶다는 꿈을 꾸는 바람에 이 모든 게 시작되었습니다. 아니에요? 아니죠? 그래요, 형. 아니라고 말해 줘요. 나 때문이 아니라고, 나는 그저 최선을 다했을 뿐이라고. 형이 그렇게 말해 주면 너무 좋을 것 같네요. 그런데 우리, 만날 수는 있을까요? 멀리서, 아니 텔레비전에서라도 볼 수 있을까요? 그립습니다.

여름이는 피부가 희고 조심성이 있고 똑똑한 애예요. 언제나 꼭 필요한 말만 하는데 대개 통찰력이 느껴집니다. 밤하늘의 달처럼 사람의 마음을 꿰뚫는 무언가가 느껴지곤 해요. 그래서 기대고 싶은 누나 같달까. 여름이는 여름에 태어났고, 설이는 겨울에 태어났고, 저는 여름에서 겨울로 가는 가을에 태어났지만, 우리 셋 다 나이는 같아요. 같은 해 여름 가을 겨울에 응애, 응애, 세상에 말을 걸며 나온 것이죠. 태어났을 땐 우리 셋 다 주목을 받고 애정을 받고 온갖 것을 다 받았지만, 지금은 아무도 눈길조차 주지 않습니다. 세상이란 그런 것이겠거니, 이해하려 해 보지만 아직은 외로워요. 쓸쓸해요.

이 건물에는 많은 사람이 수용되어 있습니다. 모두 자기 나라에서 살지 못해 떠나온 무국적자들이죠. 무더위 속에서 손부채질을 해 가며 이제나저제나 여길 빠져나갈 날을 기다리고 있습니다. 저기서 또 누가 싸우네요. 좁은 곳에 모여 사니까 다들 성질이 날카로워져서는 작은 일에도 화를 냅니다. 여기 걸어 뒀던 내 속옷 누가 가져갔어? 빨아서 널어놓은 건데. 어떤 더러운 새끼가 남의 속옷에 손을 대냐? 너냐? 오늘은 그런 시답지 않은 일로 싸움이 번지기 시작하…….

"야, 너 작가가 다 됐구나."

"어?"

"무슨 축구 선수가 하루 종일 글만 쓰냐."

설이가 장난을 건다.

"어디 무슨 명작이 나왔는지 우리도 좀 보자."

여름이가 내 공책에 얼굴을 들이밀었다.

"아니다, 안 된다."

나는 탁 소리 나게 공책을 덮었다.

"여자 친구한테 편지라도 쓰니?"

"여자 친구 없다."

"그럼, 남자 친구? 형이라는 글씨를 본 것 같은데."

"알았다, 알았다. 안 쓴다, 안 쓴다."

저쪽에서는 어른들 싸움이 번지고 욕이 오간다. 사람들이 싸움 구경을 하러 슬슬 모여들었다. 우리 셋은 언제나처럼 커다란 창가에 조르륵 앉아 햇볕을 쬐고 있다. 이쪽에서는 다 큰 어른들이 먹는 것으로 투정을 부리고 있다.

"누굴 토깽이 새끼로 아나. 이따위 풀떼기 먹겠다고 우리가 이 고생을 하는 건 아니잖아요."

"아, 누가 아니랍니까."

"닭알이라도 몇 개 넣어 줘야지. 지긋지긋해서 더는 이 소굴에 못 있겠네."

"간다, 간다, 하면서 갈 날은 함흥차사고, 우리가 언제까지

이 꼴로 사누? 우리가 이런 대접 받겠다고 조국을 배신한 건 아니잖아요, 그렇잖아요?"

"맞습니다, 맞습니다."

또 시작이네. 조국이니, 배신이니, 지겹다. 나는 여름이와 설이의 얼굴을 돌아보았다. 그 애들도 지긋지긋해하는 표정이다.

"나갈까?"

"그러자."

"좋아."

우리 셋은 더러워진 운동화를 구겨 신고 밖으로 나갔다. 대낮의 뜨거운 공기가 훅 덮쳤다. 아직 오전인데도 태양은 강렬하고 하늘은 미치도록 파랗다. 저토록 파란 하늘 아래 우린 이토록 높은 벽에 둘러싸여 갇혀 있다. 사람 미치게 만드는 거다. 우리는 하릴없이 마당을 휘휘 돌았다. 그늘진 흙바닥 위에 누워 자는 할머니도 있고, 나뭇가지로 땅을 파내며 장난치는 애들도 있고, 그늘에서 뻐끔뻐끔 담배를 피워 대는 남녀도 있다. 하지만 누구도 이 바깥으로 나갈 수 있는 자유가 없다. 문밖에는 이 나라 문지기가 총을 들고 단단히 지키고 있으니까. 우리는 뒷마당으로 돌아 덩그러니 자라 있는 바나나 나무 아래 기대 태양이 쨍쨍한 하늘을 올려다보았다.

"엄마는 나더러 새처럼 훨훨 날아가라고 했는데."

문득 머리 위를 가로지르는 검은 새를 보며 설이가 말했다.

"인간에게는 왜 날개가 없을까? 손도 있고 발도 있고 다른 건 다 있는데."

여름이가 물었다.

"바나나 따 줄까?"

내 말에 친구들은 동시에 나무 꼭대기에 열린 푸른 바나나를 향해 고개를 번쩍 들었다. '저렇게 높은데?' 하는 눈빛이다.

"날개도 없으면서 저렇게 높이까지 어떻게 올라가려고?"

"그러다 다친다."

"엄살쟁이들. 따다 주면 좋아할 거면서."

"좋긴 좋지. 맛있긴 맛있겠지."

"그래도 바나나보단 네가 더 좋다."

"그래, 바나나 하나 먹겠다고 동무를 죽게 둘 수야 없지."

"죽긴 누가 죽어. 안 죽어. 이래 봬도 내가 운동 신경 하나는 국가대표야."

내가 오늘 아침까지 서른세 번 죽고 싶다고 생각한 이야기는 꺼내지 않는다. 나는 말이 떨어지기 무섭게 바나나 나무 기둥을 타고 오르기 시작했다.

"웃쌰, 웃쌰."

조금 올라가다 주르륵 미끄러지고, 또 조금 올라가다 주르륵 미끄러졌다. 뜨거운 태양 아래라 가만히 있기도 힘든데 나무를 오른다고 용을 쓰려니 땀이 줄줄 흘렀다. 하지만 포기하지 않았다. 오랜만에 나의 오기를 자극하는 무언가를 만났다. 바나나, 꼭 따 내리라.

“한번 마음먹으면 해내고 만다!”

나는 바나나 나무 중간쯤에 딱 붙어 가쁜 숨을 몰아쉬며 중얼거렸다.

“어서 내려와!”

설이 목소리가 까마득히 아래서 들려왔다. 청개구리처럼 그 소리에 더 힘이 났다.

“그만 가. 그냥 바나나 먹은 셈 치자.”

늘 침착한 여름이도 발을 동동 구른다. 아니, 그럴 수 없어. 내 자존심이 허락하지 않는다고. 나는 여기서 아무것도 할 수 없는 게 아니다. 나무도 기어오를 수 있고, 바나나도 딸 수 있고, 아주 멀리까지 내다볼 수도 있고, 그리고 또…… 꿈을 이룰 수도 있다. 나는 무엇이든 할 수 있다. 두 발로 나무 기둥을 꾹 누르고 두 팔은 기둥을 둘러 조금씩 더 타고 올라갔다. 조금만 더, 조금만 더. 얼굴이 벌겋게 달아올랐다. 옷이 온통 땀으로 뒤범벅되어 속옷까지 축축해졌다. 골대 앞까지 공을 차고 들어간 기분이다. 손을 뻗으면 푸른 바나나 다발에 닿을 듯했다. 조금만 더, 조금만 더…….

“야호, 땄다!”

나는 신이 나서 소리쳤다. 겨우 바나나 한 다발을 땄을 뿐인데, 대단한 걸 해낸 것만 같은 기분이 들어 하늘을 날 듯했다.

“와!”

“했어, 해냈어!”

밑에서 설이와 여름이도 손뼉을 치며 좋아했다. 밑으로 던지니 신이 나서 줍는다. 저렇게 좋아할 거면서. 나는 만족한 미소를 지으며 나무 꼭대기에 매달려 멀리 바깥세상을 내려다보았다. 시원한 바람이 불어왔다. 낮은 집들이 옹기종기 붙어 있고 쭉쭉 뻗은 흙길에는 차와 오토바이와 사람들이 드문드문 다니고 있었다. 저쪽 먼 곳에는 우리가 넘어온 산도 보인다. 고개를 돌리며 마을을 둘러보는데, 그때 저 멀리, 반짝이는 무언가가 눈에 들어왔다.

여리게 흔들리면서도 끝도 없이 이어져 있는 푸른 선. 하늘과 맞닿은 곳에 가늘게 펼쳐진 물의 선. 수평선이었다. 바다다…….
난생처음 보는 바다였다. 뭐라 말할 수 없이 아름다웠다.

"이제 그만 내려오라! 조심해서."

"죽지 마. 죽으면 죽여 버릴 거야."

애들이 밑에서 고함치는 소리에 정신이 번쩍 들었다. 이 멋진 걸 나만 볼 순 없지! 나는 서둘러 기둥을 타고 줄줄 내려갔다.

"이거 진짜 맛있다, 야."

"아직 색은 파란데 무지 달아."

애들은 벌써 하나씩 들고 까먹고 있었다.

"지금 그게 중요한 게 아니야."

"바나나보다 중요한 게 있다고?"

어떻게 먹었는지 둘 다 입가에 바나나가 잔뜩 묻어서는 우물우물했다.

"나 방금 진짜 멋있는 걸 봤어."

"뭔데, 뭔데?"

"뭘 봤는데?"

"저 하늘보다 훨씬 더 푸른 것."

"뭔데, 뭔데?"

"뭐가 푸른데?"

"보석보다 훨씬 더 반짝거리는 것."

"뭔데, 뭔데?"

"뭐가 반짝거리는데?"

"이쪽과 저쪽을 이어 주는 것."

"뭔데, 뭔데?"

"그게 뭔데?"

"그건 바로……."

☀ 7

우리는 바나나 나무 아래 서서 바다를 상상했다. 거대한 바다. 우리 셋 다 태어나서 한 번도 실제로 본 적 없는 바다. 그 바다가 우리를 둘러싼 벽 너머에서 출렁대고 있다. 상상만으로도 가슴이 벅찼다.

"가자."

내가 문득 결연한 눈빛으로 말을 내뱉었다.

"어딜?"

설이가 입을 열었다.

"바다로."

"언제?"

광민이가 물었다.

"오늘 밤, 바다를 보러 가자. 담을 넘자. 탈출하는 거야. 여기선 답이 없어."

풀벌레 소리만 가득한 밤. 열린 창문 틈으로 밤바람이 솔솔 불어온다. 우울한 달은 저 멀리서 나를 지켜본다. 언제나처럼, 아주 조금씩 옆으로 자리를 움직이면서. 저 달이 하늘의 한가운데 걸리기만을 자리에 누워 조용히 기다리고 있다. 그건 내 옆에 누운 설이도, 1층에서 남자들과 함께 있을 광민이도 마찬가지이리라.

에에엥. 귓가로 모기가 달려든다. 나는 손을 휘휘 저어 내쫓았다. 모기는 내 검은 그림자에 겁도 먹지 않고 끈덕지게 공격했다. 날이 덥고 습하다 보니 모기가 극성을 부렸다. 크기는 또 얼마나 큰지. 한 번 물면 쭉쭉 소리가 날 정도로 피를 빨아 대는 것 같다. 아무리 모기향을 피워도 소용이 없다. 모기에게 양식을 베풀며 나는 이렇게 생각하기로 한다. 그나마 내가 아직 이 세상 누군가에게 필요한 존재구나. 아무런 쓸모없는 버려진 휴지 조각처럼 이곳에서 하루하루를 보냈다. 더 이상 이렇게 살다가는 정말 쓸모없는 인간이 되어 버릴지도 모른다.

아까 낮에 광민이가 멀리 바다가 보인다고 했을 때, 나는 머리를 한 대 얻어맞은 기분이었다. 내가 그렇게 가고 싶어 했던 곳이 바로 저 벽 너머에 있는데, 나는 지금 여기서 무얼 기다리고 있었던 거지. 새로운 국적, 새로운 나라, 새로운 땅, 그런 것들이 내게 자유를 줄 수 있으리라 믿었던 건 어리석은 환상이었다. 난 그저 바다가 보고 싶었고, 바다 옆에서 살고 싶었고, 그래서 떠나왔을 뿐인데. 광민이가 저 멀리 바다가 보인다고 했을 때, 갑자기 내 안에서 모든 게 명료해졌다. 당장 가자. 바다를 보러.

"여름아."

옆에서 하늘을 보고 똑바로 누워 있던 설이가 내 쪽으로 얼굴을 돌리며 속삭였다.

"저기 달……."

달은 창문의 한가운데 멎어 있었다. 바로 아래층에 난 창문 밑에 있을 광민이에게도 한가운데 멎은 달이 보일 것이다. 달의 위치가 우리에겐 신호였다. 탈출의 신호. 나는 살그머니 몸을 일으켜 주위를 둘러보았다. 여자들은 모두 깊이 잠들었다. 나는 설이를 향해 고개를 끄덕여 보였다. 설이도 일어섰다. 살금살금 계단을 내려와 보니 마침 광민이도 스르륵 몸을 일으키고 있었다. 1층에는 잠든 남자들의 코 고는 소리만 가득했다. 끼익. 우리 셋은 문을 열고 밖으로 나왔다.

맑은 밤공기가 우리를 에워쌌다. 수풀이 조금 우거진 저쪽 나무줄기들이 격심하게 흔들렸다. 우리는 서로에게 열중하는 연인들이 알아채지 못할 만큼만 발소리를 죽인 채, 건물을 돌아 뒷마당으로 향했다. 낮에 우리가 올려다본 바나나 나무가 별에 닿을 듯 높이 솟아 있었다. 광민이가 쭈그려 앉아 설이를 목말 태웠다. '헛!' 하고 구령 소리를 내더니 역시 운동선수답

게 단번에 그 자리에서 일어섰다. 설이는 두 손을 쭉 뻗어 담벼락 위에 겨우 손가락들을 올렸다.

"아, 너무 높아."

설이가 안간힘을 썼다.

"팔에 조금만 더 힘을 줘 봐."

나는 주위를 돌아보며 속삭였다.

"그래도 안 돼."

"내가 살짝 뛰어 볼게. 그때 반동으로 벽을 넘는 거야. 할 수 있겠어?"

광민이가 말했다.

"으아, 무섭다."

"그래도 할 수 없어. 너 혼자 여기 남을 순 없잖아."

"알겠어, 알겠어. 하지만 너무 높이 뛰면 안 돼. 밖으로 튕겨 나가면 큰일이니까."

"그럴 일은 없을 거야. 하나, 둘, 셋 하면 가는 거다."

"응!"

"하나, 둘, 셋!"

광민이는 설이를 어깨 위에 메고는 두 손을 벽에 댄 채로 그 자리에서 풀쩍 뛰었고, 설이는 낑낑대면서도 담벼락을 타 넘었다. 벽 바깥쪽에서 으악, 소리가 들렸다.

"설아?"

불러도 대답이 없다.

"어서 가 보자."

광민이가 서두르며 다시 쭈그려 앉아 이번엔 나를 목에 태웠다. 설이보다 키가 큰 나는 그리 어렵지 않게 담벼락 위로 오를 수 있었고, 벽 위에서 내려다보니 설이가 얼굴을 찡그리며 일어서는 참이었다. 나는 큰맘을 먹고 풀썩 뛰어내렸다.

아! 드디어 자유다. 진짜 자유! 거리에는 사람 하나 보이지 않았지만, 누군가가 내 앞에 나타난다면 당장 달려가 뽀뽀라도 퍼붓고 싶을 정도로 기뻤다. 광민이는 혼자 나무를 타고 기어올라 마치 한 마리 고양이처럼 가뿐히 담벼락 바깥쪽으로 뛰어내렸다.

"다친 덴 없어?"

광민이가 담을 넘어오자마자 물었다. 든든한 녀석이다.

"응, 일없다."

설이가 답했다.

"자, 가자. 광민아, 네가 앞장서."

나는 광민이 등에 난 발자국을 털어 주었다.

"음…… 이쪽이다."

우린 아주 가까운 형제처럼 한 호흡으로 달렸다. 그리하여 우리의 은신처가 보이지 않게 된 후에는 차츰 속도를 줄여 빨리 걷기 시작했다. 광민이도 대충 눈짐작으로 방향만 확인했을 뿐, 바다가 정확히 얼마나 멀리 떨어져 있는지는 알지 못하는 듯했다. 잘 알지도 못하는 목적지까지 마구 달려가다가는 셋 다 거리에서 쓰러질 수도 있다.

우리는 말 없이 한 방향을 향해 걸었다. 눈에 보이진 않지만, 그것이 존재한다고 믿는 곳을 향하여. 우린 모두 어딘가에서 도망쳐 어딘가로 달려가는 데는 이력이 나 있으니, 이쯤은 식은 죽 먹기다. 때로는 논길, 때로는 포장도로, 때로는 흙길을 따라, 푸른 달의 비호를 받으며 어둠 속을 헤엄쳤다. 우리의 비늘이 이따금 달빛에 반짝였다. 달빛을 저어 나가며, 나는 생각했다.

이 길의 끝에 바다 따위 나오지 않을지도 몰라. 지금까지 우리가 걸어온 길에서 매번 그랬던 것처럼, 우리가 손에 넣고 싶어 하는 것들은 언제나 우리가 다가가는 만큼 더 멀리 도망가니까. 어쩌면 바다라는 이름도, 누군가 지어낸 아름다운 환상에 불과한지도 몰라. 자유나 평화나, 그런 꿈같은 이름들이 늘 실체 없이 우리 곁을 스쳐 지나간 것처럼.

그 순간,

우리 셋은 어느 지점에 이르러, 동시에 우뚝 섰다. 어두웠고, 불빛 따위는 없었고, 달도 겨우 힘없이 그 빛을 발했기 때문에, 우리는 전혀 눈치채지 못했다. 우리 눈앞에 펼쳐진 그것인 바다인 줄은. 그 깨달음은 소리와 함께 찾아왔다.

철썩,

철썩,

철썩.

물은 땅을 때리고, 어르고, 어루만지며, 우리에게로 오려고
했지만 오지 못하고 같은 자리에 머물러 있었다. 저 검은 광택
이 흐르는 매끄러운 것이 바다로구나. 우리는 칠흑 같은 어둠
의 품속으로 하염없이 다가갔다. 끝도 없이 넓게 펼쳐진 무한
의 세계를 향하여.

"정말 있었네."

"정말 있었어."

"정말 있구나."

철썩,

철썩,

철썩.

바다는 공평하게 우리 모두에게 인사했다. 똑같은 언어로.
똑같은 뜻을 전하며. 안녕, 안녕, 안녕. 반가움에 그대로 바다
를 향해 달렸다. 바다로 풍덩, 수영 같은 건 할 줄 몰라. 이대
로 바다에 잠긴다 해도 상관없어. 영원히 컴컴한 바다의 물고
기가 될 거야. 세상 어디든 헤엄쳐 갈 거야. 내가 먼저 뛰어들
었고, 곧 설이와 광민이도 옷이 젖는 것 따위 아랑곳하지 않고
달려들었다. 차고, 간지럽고, 깊고, 일렁이는 바다로.

손바닥으로 바닷물을 내려치니 깜짝 놀랐다는 듯이 물보라
가 일었다. 입가로 튄 바닷물에서 짭짤한 맛이 났다. 바다의
맛, 이런 맛이었구나, 소금 맛이구나. 첨벙, 첨벙, 첨벙. 바다를
달렸다. 깔깔깔. 아하하하. 간지러워. 허벅지를 타고 오르는 파

도. 저기 온다, 또 온다, 파도가 온다. 은빛 달이 풀어진 파도가 온다. 풍덩, 풍덩, 풍덩. 바닷속에 몸을 담갔다. 꺅, 차가워. 와하하, 시원해. 여기서 보니 전부 다 하나였어. 너와 나, 물과 물고기, 달과 바다. 그 모든 게 다 하나야. 모든 게 다 이어져 있어.

코에 가져다 대 냄새를 맡아 보기도 하고, 손을 뻗어 쥐어 보기도 하고, 또 그걸 입에 가져가 먹어 보기까지 했지만, 여전히 우리는 바다에 대해 완전히 알 수 없었다. 다만 한 가지 분명한 것은, 이것이 존재한다는 사실이었다. 바다는…… 바다는 정말로…… 이 세상에 있었다. 이렇게 출렁이고 있었어. 내가 태어나기 훨씬 전부터, 그리고 아마도 내가 죽어서도 출렁이고 있겠지. 그저 영원히 무언가를 이어 주는 이 바다를 보는 것만으로도 나는 가슴이 뜨겁게 차올랐다. 고양이 아저씨가 한 말이 거짓말이 아니었네. 그 사실만으로도, 그동안의 긴 여행이 보상받은 기분이 들었다.

"나 결정했어. 난 여기 살 거야! 여기 이 바다에!"

설이가 가슴까지 물에 잠긴 채 외쳤다. 그 애의 머리칼이 달빛 물결에 젖어 반짝였다.

"와하하! 좋아, 나도 여기가 좋아. 우리 영원히 여기서 살자!"

광민이도 활짝 웃으며 외쳤다. 저렇게 꽃처럼 웃을 수 있는 아이였구나. 몰랐네. 나는 벌떡 일어나 두 손을 입가에 동그랗게 말고서 유유한 밤바다를 향해 소리 질렀다.

"그래, 좋다! 우리 여기, 이 바다를 우리의 나라로 삼자. 여기 이 바다를 우리가 살 곳으로 정하자."

"좋다, 좋아. 바다야! 우릴 받아 줘!"

설이도 달빛이 쏟아지는 바다를 바라보며 제자리에서 너풀너풀 뛰며 외쳤다.

"바다야! 들리니? 우린 너로 정했다! 우릴 받아다오!"

광민이도 외치며 물속으로 첨벙 잠수했다. 깔깔깔. 누가 먼저랄 것도 없이 우리는 배꼽을 잡고 웃었다. 깔깔깔. 두 팔을 벌리고 밤하늘을 안으며 웃었다. 풍덩풍덩. 나와 설이도 바닷속으로 머리를 집어넣었다. 달도 별도 모두 우리 품 안으로 떨어지고 있었다.

"우리는 우리가 결정하지 않은 세상 따위 원하지 않아. 여기가 바로, 우리의 나라야!"

내가 외쳤다.

"와!"

"멋진데?"

우리 셋은 진심을 담아, 우리가 낼 수 있는 가장 큰 목소리로, 밤바다를 향해 다 함께 외쳤다.

"여기가 바로, 우리의 나라야!"

철썩,

철썩,

철썩.

우리는 들었다. 우리에게 다가오며 온몸으로 답하는 바다의 소리를. 이 바다에서 모든 건, 다시 시작되고 있었다.

13년 전 일입니다. 저는 북에서 나고 자란 친구들을 만나기 위해 성북동 길을 걷고 있었습니다. 어떻게 생겼을까. 어떤 성격일까. 말은 잘 통할까.

일본에서 공부할 때, 일본 친구들이 저에게 북한에 대해 이따금 물어보았지만, 저는 무엇도 대답할 수 없었습니다. 왜냐하면 아는 것이라곤 텔레비전을 통한 보도뿐이었고, 그건 전 세계 사람 누구나 같이 보고 듣는 것이었죠.

저는 한국인으로서, 한민족의 다른 반쪽이 무슨 생각을 하며 살아가는지, 전쟁과 분단이 젊은이들에게 얼마나 큰 고통을 남겼는지 바로 알고 싶었습니다. 다른 누구의 입을 통해서가 아니라 제 체험을 통해서요.

한국순교복자성직수도회의 남북 청년 모임에서 북한을 떠나온 친구들을 만났습니다. 함께 여행을 다니고, 책을 읽고, 노래를 부르고, 춤을 추고, 삼겹살을 구워 먹고, 평양냉면을 만들어 먹고, 수영장에 가고, 축구를 했습니다. 그리고 수많은 날 동안 수많은 대화를 나누었습니다. 친구들에게서 미사일이나 꽃제비나 독재자의 얼굴은 찾아볼 수 없었어요. 순수하고 따뜻하며 정이 많았습니다. 시 쓰기 좋아하고 노래하기 좋아하며 부모님 생각이 지극했습니다. 정신력이 강했으며 타인을 배려하는 마음이 깊었습니다. 13년 동안 100명에 달하는 친구들을 만나면서, 저는 『파도의 아이들』을 써야겠다고 마음먹었습니다.

이야기에 등장하는 세 친구는 제가 만난 북의 청소년과 청년을 바탕으로 창조한 인물입니다. 세 친구가 고향을 떠나 바다에서 자유를 만끽하는 순간까지 어떤 이별을 경험하고 어떤 비인권적 처우를 당하는지 쓰고 싶었습니다. 자유를 찾아 떠나는 위대한 여정에 대하여, 인간의 생명이 얼마나 소중한지에 대하여, 사지로 내몰리는 젊음의 안타까움에 대하여 쓰고 싶었습니다. 지구상 다른 모든 10대와 마찬가지로 가족과 친구를 사랑하고 모험을 좋아하는 그들은 나와 다르지 않았고, 어쩌면 그게 나였을 수도 있겠다는 마음을 쭉 갖고 있습니다. 그 마음이 이 책을 쓰게 했습니다.

작품 속 북한어와 방언은 『북한어휘사전』(연합뉴스 2002)과 『조선말대사전』(사회과학출판사 2017)의 도움을 받았습니다. 소설을 먼저 읽고 조언해 주신 『북한 이주민과 함께 삽니다』(나무발전소 2023)의 저자 김이삭 작가님과 제가 오래전 써 둔 이 원고를 세상으로 나오도록 이끌어 주신 이하나 편집자님, 무엇보다 이 글을 쓰도록 저에게 용기를 준 북에서 온 친구들에게 고마움을 전합니다.

지난 세기에서 우리가 얻은 교훈이 있다면, 전쟁은 모두를 괴롭힌다는 사실입니다. 남과 북, 동과 서로 편을 갈라 싸우는 동안 모두가 고통을 받습니다. 특히 힘없는 아이들이 가장 큰 피해자가 됩니다. 금을 그어 놓고 서로 미워하고 원망하며 싸우는 일은 이제 그만할까요. 벽을 쌓는 행동은 결국 자기 삶의 터전에서 공기의 순환을 막을 뿐입니다.

우리는 열린 나라에서 살고 싶습니다. 넓고 푸른 바다처럼 모두를 너그럽게 받아 주는 터전에서 살고 싶습니다. 서로 소통하려는 노력조차 하지 않고 싸우기만 하는 건 지쳤어요. 우리는 지금보다 더 따뜻하고 평화로운 나라에서 살고 싶습니다. 더 환하고 자유로운 나라를 만들 수 있습니다. 앞으로는 그런 세상을 만들어 가자고, 이 책을 통해 말하고 싶었습니다.

파도가 부르는 계절에
정수윤

216

　이토록 아름답게, 이토록 섬세하게 디아스포라의 삶을 그린 작품이 있었던가. 나는 이 작품을 읽으며 내내, '소설이라는 따스한 벽난로'에서 타오르는 장작불 곁에서 얼어붙은 내 심장을 녹이는 느낌이었다. '디아스포라', '이주민 서사'라는 단어들은 낯설지 않지만, '당신이 직접 알고 있는 탈북 청소년이 있나요?'라는 질문을 받는다면 우리는 당황하지 않겠는가. 모두들 알 것 같지만 사실은 거의 모르는 세계를 그리는 용기는, 경계 바깥의 존재들에 대한 깊고 강렬한 사랑 없이는 불가능하다. 작가 정수윤은 바로 그런 깊고 강렬한 사랑을 뜨겁게 실천하는 사람이다.

　그가 미야자와 겐지, 다자이 오사무 등 뛰어난 작가들의 작품을 아름다운 우리말로 번역해 온 번역가였다는 사실이 왠지 더욱 반갑다. 우리가 잘 몰랐던 존재를 우리에게 너무도 친숙

한 존재로 바꾸는 순간이야말로 번역가의 창조성이 빛나는 시간이기 때문이다. 섬세하고 치밀한 번역가에서 역동적이고 창조적인 소설가로 변신한 그의 '또 다른 경계 넘기'. 그 경계 넘기는 바로 이 작품 속 주인공들이 온몸으로 견뎌 낸 디아스포라의 아픔, 탈북이라는 파란만장한 인생사, 나아가 마침내 발견해 낸 눈부신 해방과 자유의 몸부림으로 승화된다. 이토록 눈부신 '경계 넘기'의 과정이야말로 우리 사회가 끝내 도달해야 할 '타자를 향한 무한한 환대'일 것이다.

≈ **정여울**(작가, 『문학이 필요한 시간』 저자)

내 인생의 무대는 내가 선택한다!

어둠이 짙은 강을 건너고 깊은 골짜기를 달리며 '프리덤 로드'를 향해 출발하는 세 명의 10대. 판타지나 영어덜트만의 이야기가 아니다. 이 이야기는 우리와 물리적으로 가장 가깝지만 심리적 거리는 매우 먼, 북쪽 땅에서 반복되어 온 엄연한 리얼리즘 서사다.

작품은 오랜 시간 이어진 수많은 이들의 탈북 여정을 '설', '광민', '여름'이라는 청소년 주인공으로 형상화하여 하나의 시공간에 집약한다. 운명을 거스르며 자신의 길을 찾던 고전의 원형 플롯을 잇는 동시에 개인이 만난 구체적 사건을 소재로 현실과 꿈의 관계를 조망하는 근대소설이 가진 보편적 진실마저 획득한다. 이 작품은 '탈북'이라는 소재를 넘어 세 주인공이 저마다 자신의 날개를 발견하는 색다른 모험 서사이자 설득력 있는 성장소설로 자리매김할 것이다.

그들이 멈춰야 했던 순간마다 주저앉지 않도록 도운 손길과 마침내 그들을 안아 준 넉넉한 바다처럼, 가족과 친구, 자신에게 주어졌던 모든 몫을 내려놓고 빈손으로 우리 앞에 도착한 청소년들에게 다정한 환대와 응원을 보내고 싶다.

≈ 오세란(문학평론가)

우리 주변에 존재함에도 보이지 않는, 수많은 경계를 넘어온 이들이 있다. 동갑내기 열여섯 살 '설', '광민', '여름'이 각자 '나'의 목소리로 들려주는 이야기는 '북한'이라는 국가와 '탈북자'라는 집단적 정체성 안에 가려져 있던 이들의 진실에 눈뜨게 한다. 자신이 살고 싶은 세계를 스스로 선택하고 찾아가는 세 인물이 주체로서 발화하는 이야기는 개별적이고 고유한 이들의 목소리를 돌려준다. 이는 아이들 한 명 한 명과 실존적인 만남을 가능하게 하고, 공감과 소통으로 나아가는 시작이 된다.

『파도의 아이들』은 이들을 단순히 피해자로 호명하지 않고, 자신의 세계를 찾아 용기를 내어 세상에 대항하는 삶의 주인이자 행위자로서 그려 낸다. 세 사람이 바다 앞에서 "여기가 바로, 우리의 나라야!"라고 외치는 장면이 주는 묵직한 울림은 우리가 더 이상 배타적인 '우리'가 아니라 각기 다른 이들이 그 자체로 존중받으며 조화롭게 살아가는 공동체로서의 '우리'가 되어야 함을 전한다. 경계 넘기를 통해 확장되고 있는 디아스포라 서사의 흐름 속에서 탈북 청소년 이야기는 한반도 분단과 관련하여 특수한 동시에 세계적이고 보편적이다. 설, 광민, 여름의 여정에 동행하면서 아이들이 원하는 삶이 우리와 다르지 않다는 데 공감하는 순간, 어느새 그들과 우리 사이의 경계는 허물어진다. 이들에게 손을 내밀어 봄으로, 바다로 함께 가자고 이야기하는 이 소설에 찬사를 보낸다.

≈ 조인혜(국어 교사)